지형이의 밴쿠버 그림여행

- 밴쿠버에서 한 달 살기 -

"엄마의 눈으로 그림일기 읽어주기"

글쓴이·그림 유.지.형은

만화에서 튀어나온 것 같은 엉뚱 발랄함.

나만의 스타일을 고집하는 당당한 초등학생.

친구들을 좋아하고 양보도 할 줄 아는 의리파.

그림 그리기를 좋아하는 꼬마 디자이너.

이고 싶은 9살 어린이입니다.

현재 안양 부림 초등학교 3학년 5반 재학 중입니다.

글쓴이 김.수.정은

경력 10년 차 주부, 남편 알렌의 아내, 박 여사의 둘째 딸.

경력 14년 차 회사원.

前 글로벌 마케팅 리서치 회사와 삼성전자 전략 마케팅팀 근무.

現 HPPK(에이치피 프린팅코리아) 재직 중.

내 아이의 북큐레이터이고 싶은, 그림책을 '말해봐~!'라고

졸라 대는 딸에게 재미있게 동화 구연을 해주고 싶은 엄마.

북큐레이터 협회(http://bookq.org) 민간 자격증 보유.

● E-mail soojeong201@naver.com

엄마의
눈으로
그림일기
읽어주기

지형이의 밴쿠버 그림여행

글쓴이 유지형, 김수정
그림　유지형

- 밴쿠버에서 한 달 살기 -

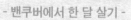

북랩 book Lab

아홉 살 지형이와 엄마의 캐나다 밴쿠버 여행 일기를 엮으며.

지형이는 2009년생(한국 나이 10살, 만 9살), 현재 초등 3학년이다. 생후 50일, 원인을 알 수 없는 세균 감염성 고열로 대학병원에 입원해서 아빠, 엄마의 마음을 쓸어내리게 했고, 6개월 후 장염에 폐렴이 겹쳐 입·퇴원을 반복했다. 그렇게 아기 때부터 약했던 지형이가 지금은 잔병치레 외에는 크게 아픈 데 없이 건강해졌고, 자기주장이 뚜렷하며, 그림 그리기를 좋아하는 밝은 웃음을 가진 딸로 성장했다.

그리고 나는 현재 육아 휴직 중인 평범한 회사원이자, 지형이의 엄마이다. 지금의 휴직이 옳은 결정일까? 끊임없는 고민 후에 휴직을 내고 나서, 막상 '내가 하고 싶은 게 무엇인지', '아이와는 어떻게 지내면 좋을지' 등에 관해 생각이 많아졌다. 아이의 주도적인 생활 습관을 길러준다는 생각으로 '매일 꾸준한 공부 습관을 들이기 위해 아이와 함께 생활 계획표를 만들기', '도서관에 가서 같이 책 읽기', '아이의 규칙적인 습관 만들기' 등등 엄마의 주관으로 리스트를 만들고 실행에 옮겼다. 그러나 딸은 "엄마는 왜 나한테 매일 책 읽어라. 공부해라. 숙제만 하라고 해?", "엄마 때문에 짜증 나"라며 점점 불만이 많아졌다.

그러던 중, 친한 친구 가족이 캐나다 밴쿠버로 한 달 동안 여행을 떠난다는 소식을 접하게 되었다.

'아이와 엄마의 낯선 문화에서 한 달 살아 보기, 캐나다 밴쿠버의 한 달 살기 여행' 나는 심장이 두근거렸다. '낯선 환경에서 한 달 동안 살게 되면, 어떤 것들을 느낄 수 있을까?' 지형이와 둘이서 시선을 맞추고, 서로만을 의지하고, 소통하며 이해할 기회를 주시는 것 같았다.

"지형아, 엄마랑 둘이 캐나다 밴쿠버에서 한 달 동안 여행을 하면 어떨까?"라고 지형이에게 물었다. "정말요? 둘이서만요? 좋아요! 근데 캐나다 밴쿠버가 어디에 있어요?" 지형이는 어디인지도 모르는 곳으로 모험을 떠나는 것에 흥분한 듯 질문을 쏟아냈다. 그런 아홉 살 딸 지형이와 엄마, 이렇게 둘은 지금이기에 가능한 일을 무작정 해 보기로 결심했고, 짐을 싸서 여행을 떠나게 되었다.

그리고 여행을 마치고 일상에 복귀한 후, 여행을 되돌아 생각해 보다가 지형이가 밴쿠버에서 경험하면서 느꼈던 일상들을 그림일기로 표현하고 남겼던 것을 보게 되었다. 여행 중에 같이 갔었던 장소임에도 '아, 지형이가 이렇게 생각했구나, 이런 생각을 가지는구나'라고 생각이 들 정도로 많이 성장한 모습이 일기에 드러나 있었다.

그래서 지형의 기억과 감성을 그대로 흘려보내는 것이 아깝다는 생각이 들었다. 지형이의 아홉 살 감성을 잘 기억할 수 있게 해주는 것이 엄마가 딸을 도와줄 수 있는 일이라는 생각이 들었다. 그래서 지형이가 태어나 처음으로 낯선 땅에서 한 달 동안 살아 낸 '첫 경험의 기록'이며, 여행이라는 '첫 모험의 시작'을 책으로 엮어 내보기로 했다. 그리고 같은 장소에서 느낀 엄마의 생각과 감상을 더해 보기로 했다. 모녀의 동소동몽(同所同夢) 또는 동소이몽(同所異夢: 같은 장소에서 다른 생각을 하다)이며, 지형이의 여정을 함께하면서 관찰하고 느낀 엄마의 시선이라고도 할 수 있다. 지형이의 일기는 밴쿠버 여행 경험의 감상과 감정을 비교적 단순하게 담았기 때문에, 엄마가 관찰하고 느낀 점들과 시선을 보태고 여행지의 정보를 더해서 그림일기를 더욱 풍성하게 엮었다. 이 책이 지형이가 앞으로 살아가면서 일상 혹은 또 다른 여행의 경험을 그림으로 그려내고 기록하는 제1장, 첫 시작이었으면 좋겠다. 그리고 앞으로 제2장, 제3장, 제4장… 본인만의 성장 스토리가 계속 이어지기를 바란다.

지형이는 밴쿠버 여행을 다녀온 후, 지금 또 다른 여행을 꿈꾸고 있다. 나는 지형이가 살아가면서 그렇게 계속해서 새로운 모험을 꿈꾸기를 소망한다.

그리고 지형이의 또래 친구들이 이 책을 보면서 새로운 경험으로 떠나 볼 수 있기를 소망하고, 모험을 시작하는 출발점이 되기를 바란다.

또한, 나와 같은 부모들에게는 밴쿠버에서 아이와 경험했던 소소한 일상과 감정의 교류를 읽어주길 바라고, 우리의 아이들이 항상 새로운 꿈을 품고, 모험하는 데 있어 든든한 조력자가 될 수 있기를 소망한다.

그리고 이 책을 엮으면서 많은 영감을 주고 여행을 갈 수 있도록 전폭적으로 지원해준 남편 알렌과 마음 놓고 떠날 수 있도록 배려해 주신 우리 엄마와 가족에게 감사한다. 그리고 한 달 동안 여행을 함께했던 친구 가족(그래서 지형이의 그림일기에 자주 등장하게 된다)과 캐나다 밴쿠버에서 만난 친구들, 책을 엮을 수 있도록 여러 방면으로 도움을 준 Pearl! 진주 언니와 여유만만 친구들 그리고 지형이와 나의 친구들, 지인분들께 감사드린다.

지형 엄마 김수정

지형이의
밴쿠버 그림 여행

CANADA
TRAVEL

- 밴쿠버에서 한 달 살기

CONTENTS

프롤로그 _4

1부 밴쿠버, 그 낯선 곳에 익숙해지기

2부 본격 한 달 살기, 해봐야 하는 것, 가봐야 하는 곳

3부   다른 세상 만나기

밴쿠버,
그 낯선 곳에 익숙해지기

DAY 1 밴쿠버야, 내가 간다~!

1. 비행기를 타고 캐나다로 왔다.

   비행기에서 10시간 동안 있었더니 너무 힘들었다.

   자동차를 타고 숙소에 도착.

2. 이제부터 캐나다 숙소에서 한 달 자게 된다.

   신나는 일이다.

   내일은 무엇을 할까? 캐나다 도서관에 가보기로 했다.

   캐나다 도서관이 대한민국과 어떻게 다른지 비교해 볼 거다.

1

2

▲ 인형 안고 배낭 메고 밴쿠버 도착! 공항 내 캐나다 건국 150주년 기념 전시 부스 내

딸은 놀이 여행, 엄마는 경험 여행

2017년 7월 22일

아이와 좀 더 가까워지기 위해 떠난 도전 같은 여행 프로젝트.
딸과 엄마는 캐나다 밴쿠버로 한 달 여행을 시작했다.

지형이에게 "여행이 왜 좋아?" 하고 물었다.
"노는 거라서, 놀면 행복하잖아."
아홉 살 지형에게 여행은 '노는 것'이고,
엄마에게 여행은 '일생일대의 경험'이다.

이번 여행에서는 엄마로서의 욕심을 내려놓고, 지형이의 바람대로 즐겁
게 놀기, 둘이서 시선을 맞추고 의지하면서 한 달 동안 건강하고 안전
하게 잘 다녀오기를 소망한다.
10시간의 비행 동안 힘들었을 지형이지만, 이젠 엄마 앞에서 '괜찮아'
하고 참을 정도로 훌쩍 자란 느낌이다.

딸과 둘이서만 낯선 곳에서 이것저것 해 보면 어떤 것들을 느낄 수 있
을까?
초조함, 두려움 vs. 설레임, 기대감이 서로 충돌하는 동안 비행기는 밴
쿠버 공항에 내려앉고 있었다.

2017 년 7 월 23 일 일 요일	오늘 날씨 ☀ ⛅ ☁ ☂ ☃
일어난 시각 9 시 00 분	잠자는 시각 10 시 30 분

DAY 2 웃다가 울다가

1. 마켓에 가기로 했다.

   252번 버스를 타고 가다가 내가 엄마 모자를 깜빡 놓고 내렸다.

2. '엄마 미안해~'

   엄마 표정은 무서웠지만, 나는 마트에 들어가면서 기분이 좋아졌다.

   돌아오는 길에 아침에 탄 252번 버스가 왔는데, 모자를 찾았다.

   엄마가 웃었다.

   집에 왔는데, 이번에는 고기가 들어있는 봉투가 없어졌다.

   '우와왕, 고기는 어디 간 거야~?' 눈물이 날 것만 같았다.

3. 오늘은 모자를 찾아서 기뻤다가, 쇼핑 봉지를 잃어버려서 슬펐다.

   많은 경험을 한 날이었다.

DAY 2

처음은 어려워

2017년 7월 23일

▲ 252번 버스를 타고

도착한 첫날, 일요일 아침.

일주일간 먹을 음식과 한 달 동안 사용할 교통카드 등등 생활을 위한 준비가 필요했다.

252번 버스를 타고 가장 가까운 파크 로열 쇼핑센터(Park Royal Shopping Centre)에 가기로 했다.

볕이 따가워 지형이에게 잠시 모자를 씌워 주었는데 지형이가 그 모자를 버스에 두고 내렸다. '미안해'를 연발하는 딸 앞에서 표정관리가 안 되는 엄마가 되어버렸다. '잊어야지' 하면서도 미련이 남아 버스 유실물

센터에까지 전화했지만, 찾을 수 없었다. 시작부터 순탄하지 않은 느낌이었다.

시티 마켓(City market) 마트에 들어서자, 한국에서 보지 못한 다양한 치즈가 진열된 전용 칸과 사과 종류만 5가지 이상 되는 과일 코너에서 시선을 떼지 못했고, 아쉬움이나 미안함도 서로 잊은 채 지형이와 장보기에 몰입했다. 장보기를 마친 후, 버스 252번이 와서 서둘러서 탔다. 그런데 믿을 수 없는 일이 일어났다. 아침에 탔던 그 버스였는지 아침에 잃어버린 내 모자를 그대로 보관하고 있었던 것이다. 상상도 못 하던 일이 생겨서 캐나다 버스에 감동했다.

이렇게 기분 좋게 마칠 뻔한 하루였지만, 숙소에 돌아와 저녁을 준비하려고 보니 소고기와 식빵을 넣어둔 봉투가 없었다. 아이들도 있었고 짐도 많다 보니 정신이 없어서 정류장에 두고 온 것 같았다. 고기를 못 먹게 되어 서운해하는 지형이에게 미안했다.

엄마도 딸과 똑같은 실수를 저지른 것이다. 그렇게 우리 둘은 서로 미안해했고, 또 용서했다.

▲ 마트에 가서 신나네

▲ 엄마 눈치를 살피는 듯, 사과 종류가 다양해요

웨스트 밴쿠버

파크 로열 쇼핑센터

✳ Day2. 지형이라 갔던 곳은?

웨스트 밴쿠버 매더스 애비뉴(Mathers Avenue) → 파크 로열 쇼핑센터(Park Royal Shopping Centre)

252번 버스. 약 20분 소요.

미리 알아본 것은?

✳ 밴쿠버 시내 교통 팁!

한 달 이상 장기 체류 시 버스를 타기 위해서는 주니어용, 성인용 컴패스 카드를 구입하는 편이 좋다.

캐나다 현지 6불 보증금에 웹사이트를 통해 필요한 만큼 충전해서 쓰는 방식이다. 보증금은 런던 드러그 스토어(London drug store)에서도 환급 가능하나, 잔여 현금까지 환불받는 것은 차이나 타운 역(China town station) 앞에 있는 컴패스 카드 인포메이션 센터(Compass card information Centre)에서만 가능하다는 점을 기억하기 바란다.

▲ 주니어용 컴패스 카드

다르게 본 것은?

✳ 밴쿠버의 버스

버스는 전면부에 자전거를 보관할 수 있고, 내부에서는 유모차나 휠체어로 탔을 때 의자를 접을 수 있으며, 공간을 여유 있게 만들어 줄 수 있도록 설계되어 있다. 의자가 고정식인 한국의 버스와는 달랐다. 다양한 승객을 고려한 계단 없는 저상 버스. 차창 옆으로 보이는 노란 선을 잡아당기면 '띵' 소리로 하차 벨 역할을 한다. 252번은 마을버스 같은 소형버스인데도 실용성에 드라이버의 배려는 물론이고 친절함까지 갖췄다. 감동 두 배!

▲ [버스 전면] 자전거 거치대

▲ [버스 입구] 저상버스, 계단이 없고, 풍 소리와 함께 입구 쪽으로
경사 받침대가 자동으로 설치되어, 유모차나 휠체어가 있어도 문
제없이 탈 수 있다.

▲[버스 내부] 짐을 든 승객, 노약자,
장애인, 유모차 배려석

본격 한 달 살기,
해봐야 하는 것, 가봐야 아는 곳

DAY 3 　도서관에서 놀기

1. 아침에 시리얼을 먹고, 밴쿠버 공공 도서관에 갔다.

2. 나는 한국어 책을 읽었다.

　옥상도 있었지만, 공사 중이었다.

　너무 아쉬웠지만, 도서관은 재미있었다.

　동물 그림책이 많아서 좋았다.

　내일은 수족관에 갈 계획이다.

　나는 마트에서 점원에게 영어로 말했다.

　"where is ice cream?"

　엄마, 나 잘했죠?

　엄마가 칭찬을 했다.

1

2

DAY 3

엄마표 도서관 여행

2017년 7월 24일

밴쿠버 공공 도서관에서 가장 많이 관심이 간 서가는 어린이 도서관이 었다.
지형이와 함께 우리나라의 도서관과 비교해보기로 했기 때문이다.
북큐레이션 인식 개선과 함께 한국 어린이 도서관의 진열방식이 점차 개선되고 있지만, 아직은 아이들이 직접 책을 찾고 뽑아 보기 어렵다.
이런 점에서 밴쿠버 공공 도서관은 확실히 달랐다. 우리 동네의 시립 도서관이 이렇게 변화될 수 있다면, 그리고 내가 그 변화에 일조할 수

▲ 신간, 저자별로 전면 배치되어 뽑아 보기 쉬워요

▲ 한국어 책도 있어요

있다면 좋겠다는 생각이 들었다.

지형이는 한글책이 있다는 것을 알고 신기해하며 『한 마리 돼지와 백 마리 늑대』 그림책을 찾아 읽었다.

특징적인 것은 도서관에 들어가자마자 캐나다 대표 동물들의 인형이 진열되어 아이들의 시선을 사로잡고 있었다는 점이다. 지형이는 흑고니 인형에서 눈을 떼지 못했다. 한국에서는 도서관에 억지로 데리고 가야 했는데, 이런 도서관이라면 지형이도 얼마든지 찾아올 것 같았다.

▲ 한 마리 돼지 앞에 엄청 많은 늑대가 나타났어요

▲ 엄마, 흑고니 말해봐요

▲ 도서관에 귀여운 인형도 있어요

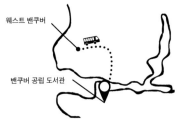

웨스트 밴쿠버

밴쿠버 공립 도서관

✳ Day3. 지형이와 갔던 곳은?

웨스트 밴쿠버 마린 드라이브(West Van-
couver Marine Drive) → 밴쿠버 공립 도
서관(Vancouver Public Library)

250번 버스를 타고 조지아 스트리트(Geor-
gia St.)에서 하차.

약 30~35분 소요.

미리 알아본 것은?

✳ 밴쿠버 공립 도서관(Vancouver Public Library)

다운타운 조지아 스트리트(Georgia St.) 위치. 1992년에 지어졌
으며, 2017년 7월에는 공사 중이라서 외관을 제대로 볼 수 없
었지만. 로마의 콜로세움을 닮은 도서관이라고 한다. 총 7층(지
하~1층 어린이 도서관, 2층 영상자료 및 신간/베스트셀러, 3~4층 영역
별 전문도서, 5층 잡지/신문, 6층 음악, 스포츠, 역사, 여행 등 예술 관
련 도서 진열)이다.

운영시간 월~목 10:00~21:00, 금/토 ~18:00, 일 11:00~18:00

다르게 본 것은?

✳ 밴쿠버의 도서관

1. 어린이 도서관에 게임도 하고, 아이패드로 직접 체험하는 공간도 있어, 아이들과 시간
을 보내기에 좋다.

2. 여러 나라 언어 책이 구비된 섹션을 별도로 두고 있다. 아이들 책도 한글책이 구비되어
있어서 놀라웠다. 우리나라의 국회도서관에 언어별 일반도서가 소장되어 있는 것과 유사
하다.

3. 도서 진열 방식은 주제별로 어린이 눈높이에 맞추고자 하는 의지를 보여주는 듯, 아이
들 키 높이에 전면 표지 진열을 해서 눈에 잘 보였다.

4. 도서관 입구에는 자동 반납 분류기가 있어, 반납 절차가 매우 빠르다.

▲ 야생 동물 관련 도서들을 전면이 보이도록 진열

▲ 어린이들이 좋아하는 캐나다 고유 동물 인형 진열

▲ 책을 반납하면, 내부에서 자동으로 분류하게 되어 있다.

2부_본격 한 달 살기, 해봐야 하는 것, 가봐야 아는 곳   29

DAY 4 무서운 독화살 개구리

1. 오늘은 수족관에 왔다.

   나는 사진도 찍고 돌고래 쇼, 물개 쇼를 봤다.

   책으로 봤던 독화살 개구리를 직접 보니 너무 신기했다.

   그리고 4D 극장에서 영화를 봤다.

   고래가 포켓몬스터에서 나오는 고래왕과 비슷했다.

2. 그리고 내일은 어디에 갈지는 내일 정하기로 했다.

   (게으름 피웠으면…)

1

2

250번 버스 타고 숙소에 간다

'게으름 피웠으면...'

DAY 4

벌써, 스트레스?

2017년 7월 25일

수족관의 규모가 어마어마하다. 아이들은 사진을 찍는 데 열중이다.

수족관 구경은 아이들을 행복하게 만들었다. 기념품도 한참을 고르며 즐거워한다.

그러나 여행의 재미 중 최고는 먹고 구경하는 거다.

맛집도 찾아다니며, 온종일 걸은 뒤에 시원한 아이스커피, 맥주, 와인으로 목을 축인

적은 언제였던가.

아홉 살 아이의 호기심 어린 질문 공세에 웃으며 대답해 주지만, 마음속으로는 독박

육아 스트레스에 불평이 한가득이다.

잠이 들 때 즈음, 지형이는 '내일은 어디 가요?'라며 다음날 스케줄을 물어본다.

'아이를 데리고 처음부터 강행군을 했나?' 하는 생각이 들면서도 즐거워하는 모습을

보니 기분 좋다.

▲ 엄마, 물고기가 신기해요 열심히 사진 촬영 중

▲ 와우! 수족관 관람을 마친 후, 정문 앞에서 점프 점프

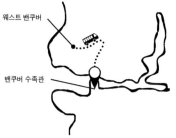

웨스트 밴쿠버

밴쿠버 수족관

※ Day4. 지형이라 갔던 곳은?

웨스트 밴쿠버 마린 드라이브(West Vancouver Marine Drive) →

밴쿠버 수족관(Vancouver Aquarium)

250번 버스를 타고 길포드(Gilford St.)에서 하차,

수족관까지 1.2㎞ 약 16분 걷기. 약 40분 소요.

미리 알아본 것은?

▲ 밴쿠버 수족관 안내 지도

※ 밴쿠버 수족관(Vancouver Aquarium & Marine Science world)

1956년에 설립된 스탠리 파크 내부에 있는 공립 수족관. 캐나다 서부에서 가장 큰 규모이며, 300여 종 어류, 30,000여 종 무척추동물, 56종 양서류와 파충류, 그리고 60여 종 포유류와 조류 등, 7만여 마리 동물을 보호 및 전시하고 있다. 3D 화면과 함께 극장 내부 효과 시설도 갖춘, 4D 극장이 있다.

운영시간 10:00~17:00

(여름 ~19:00, 12월 25일~1월 1일 12:00~17:00)

요금 일반 C$39, 학생 C$30, 어린이 C$22

웹사이트 www.vanaqua.org

2017 년 7 월 26 일 수 요일	오늘 날씨 ☀ ☁ ☂ ☽
일어난 시각　　9 시　00 분	잠자는 시각　　11시　25 분

DAY 5　수영장으로 GO GO!

1. 오늘은 수영장에 갔다.

　나는 너무 수영을 잘하는 것 같아.

2. 폭포도 가고, 가족 룸에서 샤워도 했다.

　정말 많은 경험을 하였다.

3. 수영도 재미있고 라면은 꿀맛이었다.

　라면이 매웠지만 배고파서 맛있게 먹었다.

4. 다음에는… 어디에 갈지는 모른다. (게으름!!!)

1

2

3

4

▲ 여름 단기 프로그램 안내 보드

▲ 수영 전 워시 룸(Wash room) 가족 샤워장

DAY 5

그냥 놀기로 하자!

2017년 7월 26일

오늘은 게으름을 피우자고 제안한 지형이를 위해 다운타운 여행을 미루고, 웨스트 밴쿠버 커뮤니티센터 수영장에 왔다.

도서관에 가고 싶었지만 놀기 좋아하는 지형이를 위해서 한발 물러섰다.

커뮤니티 센터에 도착하니, 3일 기간의 '단기 여름 캠프(summer camps) 프로그램' 안내문이 붙어 있었다.

"지형아, 이 기회에 단기 여름 캠프 한 번 도전. 어떨까?"

"영어로만 해야 해? 엄마, 나는 그냥 놀고 싶은데?"

나는 지형이에게 유익한 경험이라는 핑계로 또 아이를 설득하려고 했다.

그렇게 머뭇거리다가, 결국 우리는 이내 수영장으로 들어갔다.

수영을 거의 배우지 않아서 부족할지라도 지형이는 대여한 튜브를 걸치고 마음껏 헤엄치고 다녔다. 포즈는 수영 선수가 따로 없다.

그래, 여행이니 좋아하는 것을 하면서 즐기면 되지.

지형이가 원하는 것을 할 수 있게 해주자고 다짐하는데 또 잊어버린다.

웨스트 밴쿠버

웨스트 밴쿠버
커뮤니티 센터

☀ Day5. 지형이라 갔던 곳은?

웨스트 밴쿠버 마린 드라이브(West Vancouver Marine Drive) →
웨스트 밴쿠버 커뮤니티 센터(West Vancouver Community Centre)
250번 버스를 타고 동명 정류장에서 하차. 약 5분 소요.
성인은 도보로도 가능하나, 아이들을 데리고 걷기는 조금
무리한 거리.

☀ 웨스트 밴쿠버 커뮤니티 센터(West Vancouver Community Centre)

레크리에이션, 사회 및 문화적 공동체 허브로, 전 연령대의 사
람들이 다양한 활동을 할 수 있도록 구성되어 있다. 여름에는
단기 프로그램이 누구에게나 오픈되어 있다. 단, 부모가 없이
도 영어로 의사소통할 수 있어야 한다.

운영시간 월~금 5:30~10:00, 금 ~10:30,
　　　　　토 6:00~10:00, 일 8:00~10:00

웹사이트 www.westvancouver.ca

☀ 수영장(Aquatic Centre)

수영장(Aquatic Centre)에서는 누구나 수영을 배우거나, 워터파
크처럼 물놀이를 하거나, 열탕 풀을 이용할 수 있다.
샤워 시설을 갖춘 가족 탈의실이 별도로 있어서 수영장에 들어
가지 않는 엄마가 함께 들어가서 샤워도 시켜주고, 옷도 갈아
입혀줄 수 있어서 편리하다.
아이 1명에 C$3.9(한화 약 3천 원)에 오후 1시 이후 자유 이용이
가능하다.
현지인들은 수영을 어렸을 때부터 가르쳐서인지 구명조끼 렌
탈 재고는 충분하고, 무료 이용까지 가능했다.

▲ 가족 탈의/샤워실 내부

▲ 커뮤니티 센터 수영장 내부(West Vancouver Community Centre Swimming Pool)

DAY 6 내렸다 탔다 관광버스

1. 시티투어 버스를 탔다.

   지도를 보면서 내렸다 탔다 하는 것이 신기했다.

2. 그랜빌 아일랜드 마켓에 내려서 장난감을 구경하기로 했다.

   기대를 많이 했지만, 선물은 못 받았다.

   그래도 아이스크림을 먹어서 기분이 좋아졌다.

1

GRANVILLE
ISLAND

2

◀ 홉온 홉오프 투어 버스 안에서

◀ 그랜빌 다리를 지나며 그랜빌 아일랜드로 향해서

◀ 엄마가 장난감을 안 사 주신다

가성비 좋은 시내 관광

2017년 7월 21일

아이들과 대중교통으로 시내를 관광하기엔 '시티투어버스(홉온 홉오프 Hop-on Hop-off: 원하는 곳에서 내렸다 탔다 하는 방식)'가 가격 대비 효과가 좋을 것 같다는 생각으로, 아침 일찍 서둘렀다.

지형이는 지도를 직접 들고 있으면서 '다음 정류장은 어디야?' 계속 물어본다. 그런데 피곤해서였을까? 처음에는 질문도 많고 좋았지만, 그 후로는 점점 조용해졌다.

내리고 싶다고 말하는 장소도 딱히 없었다.

그래서 그저 조용히 지켜보며 여행의 마지막 장소인 그랜빌 아일랜드로 갔다. 역시 아이들에게는 장난감이 최고다. 장난감 가게를 들른다고 하니, 그랜빌 아일랜드 퍼블릭 마켓(Granville island public market)에서 내렸다. 마켓에는 좋아하는 올리브와 치즈 종류가 많아서 좀 더 둘러보고 싶었지만, 더운 날씨에 지형이가 지쳐 보였다. 내가 가보고 싶은 구경거리나 매장에 대한 계획도 짜 올걸…. 잠시 후회가 밀려왔다.

드디어 찾아간 장난감 마켓은 기대와 달리 우리나라에서도 흔히 볼 수 있는 중국산 장난감만 가득해서 선물 대신 아이스크림으로 달래 주었다.

시내 투어는 오후 6시 종료.

하루 종일 버스를 타는 건 약간 피곤했지만, 시티투어버스는 첫 도시 방문 시 한 번 정도는 타볼 만한 것 같다.

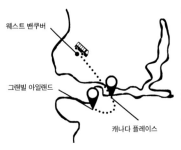

웨스트 밴쿠버

그랜빌 아일랜드

캐나다 플레이스

✳ *Day6. 지형이라 갔던 곳은?*

웨스트 밴쿠버 마린 드라이브(West Vancouver Marine Drive) →
캐나다 플레이스(Canada Place) → 그랜빌 아일랜드 퍼블릭 마
켓(Grandville Island Public Market)

250번 버스를 타고 덴만 스트리트(Denman St.)에서 하차해서
도보로 캐나다 플레이스로 이동. 버스로 약 40분 소요.

캐나다 플레이스에서 홉온 홉오프 시티투어버스(Hop-on Hop-
off city tour bus)를 타고 그랜빌 아일랜드로 이동.

미리 알아본 것은?

✳ 밴쿠버 홉온 홉오프 투어버스(Vancouver Hop-on Hop-off tour bus)

밴쿠버 시내 순환 관광버스를 타고 총 21개 정류장(도심-공원 경로 Park Route) 중 원하는 곳
에서 마음대로 타고 내릴 수 있어 버스 노선도와 다음 버스 오는 시간을 확실하게 알아 두
면 편리하게 여행할 수 있다. 개스타운에서 출발, 밴쿠버 미술관, 캐나다 플레이스, 롭슨 거
리, 스탠리 공원(Stanley Park), 잉글리쉬 베이(English Bay), 그랜빌 아일랜드 입구(Granville
Island), 예일 타운(Yale Town), 차이나 타운(China Town)을 거쳐 다시 개스타운(Gastown)으
로 돌아온다.

운영시간 09:00~18:00

요금(1일권) 일반 C$49, 어린이(3-12세) C$25

웹사이트 https://westcoastsightseeing.com/

다르게 본 것은?

✳ 식당에서도 아이들의 놀잇거리가 있어요

밴쿠버의 레스토랑에서는 아이들과 함께 가면, 대개 색연필과 A4용지를 제공해준다. 음식이
나올 때까지 기다리는 아이들을 위한 배려일까? 아니면 시끄럽거나 산만한 아이들을 집중하
게 해서 매장의 소란스러움을 미연에 방지하기 위함일까? 이유야 어쨌든 아이들에게 놀잇거
리를 제공하여 부모들이 여유 있는 시간을 가질 수 있게 한다는 점에서 마음에 든다.

▲ 쿠버 트롤리 시내 순환 버스/캐나다 플레이스
앞에 홉온 홉오프 투어 버스 정류장 앞

▲ 그랜빌 아일랜드(Granville Island)
그랜빌 다리로 연결되는 그랜빌 아일랜드는 퍼블릭
마켓으로 유명하다. 다양한 요깃거리와 해산물 요리,
야채, 과일 등 다양한 음식을 파는 활기찬 시장. 한쪽
에는 푸드코트가 있어 원하는 음식을 사 들고 야외에
서 음악이나 스트리트 공연까지 즐길 수 있다

▲ 샌드바(The Sand Bar)
씨푸드 레스토랑에서 그림 그리기

2017 년 7 월 28 일 금 요일	오늘 날씨 ☀ 🌤 ☁ ☂ ☾
일어난 시각 9 시 30 분	잠자는 시각 11 시 25 분

DAY 7 첫 영어 미션

1. 키칠라노 해변에 갔다.

　나는 해변에서 소시지도 맛있게 먹고, 많이 놀았다.

　모래성도 쌓았다.

2. 그리고 밴쿠버 박물관에 가서 토템폴도 봤다.

3. 그리고 햄버거 가게의 버거도 정말 맛있었다.

　햄버거를 다 먹고 친구가 손님에게 영수증을 달라고 했다.

　그런데 정말 이상했다.

　손님이 맥주를 달라고? 말하면서 하하하 웃었다.

　알고 보니 'Bill, please'를 'Beer, please'로 들은 것이다.

　첫 영어 미션은 실패했지만, 재미있는 경험이었다.

1

2

3

햄버거 하나의 행복

2017년 7월 28일

시간이 참 빠르다. 여행 온 지 벌써 1주일이라는 시간이 흘렀다. 시차도, 공동생활도, 대중교통도 제법 익숙해졌다. 늘 타는 250번 버스를 '숙소로 가는 버스'라고 부르게 되었다.

오늘은 우선 키칠라노 해변 근처 밴쿠버 박물관과 스페이스 센터(Museum of Vancouver and Space centre)에 들러 보았다. 박물관에서 우리가 살고 있는 지구에 대한 인식과 생각이 적힌 포스트 잇 가운데 하나를 선택해서

▲ 밴쿠버 박물관 'What do believe!' 설치 전시물

붙이는 공간이 있었다. 사람들이 기후변화에 대한 우려를 공통적으로 느끼는지 해당 선택지는 이미 동이 났다.

지형이는 'No problem!' 희망에 한 표를 행사했다. '그래, 지형아. 엄마도 우리 지형이가 사는 세상은 문제없길 바라.'

키칠라노는 산과 바다의 풍경이 아름다워서, 따뜻한 햇볕과 시원한 바람에 마냥 몸을 맡기고 쉬고 싶은 곳이었다. 지형이와 함께 산책하고 벤치에 앉아서 쉬기도 했다. 해변의 모래사장에서 지형이는 한참을 모래 장난에 열중했다.

그렇게 한참을 논 후에 지형이는 햄버거가 먹고 싶다고 했다. 돌아다니다 우연히 발견한 '더 키친 테이블(The Kitchen Table)'은 처음에 Inn(숙박업소)이라는 이름 탓에 그냥 지나쳐버렸다가 다시 오게 된 곳이다. 주인아저씨는 친절하게 우리 일행을 맞아 주셨고, 게임 무료 서비스까지 해 주셔서 처음으로 머신 게임을 해 보았다.

육즙이 흐르는 두툼한 패티가 들어있는 수제 햄버거 맛은 감동적이었다. 나는 캐나다에서 처음 마시는 맥주, 키친 테이블 수제 라거(Kitchen table craft larger)의 시원함과 알싸함에 마음이 편해지고 휴식이 되는 기분이었다.

한국에서 공수한 음식에 조금 싫증이 나던 중이었는데, 햄버거 반 개에 우리는 행복했고, 영수증을 받는 과정에서 벌어진 에피소드로 다 같이 웃었다.

▲ 키칠라노 배니어 공원 산책로를 걸어가던 순간

▲ 더 키친 테이블, 환상의 햄버거와 맥주 조합   ▲ 해변에서 모래 파는 강아지 흉내 내기

✳ Day7. 지형이와 갔던 곳은?

밴쿠버 박물관(Museum of Vancouver) → 키칠라노 비치(Kitsilano Beach)

250번을 타고 다운타운 버라드 스트리트(Burrad St.)에서 2번 버스를 타고 그랜빌 다리(Granville bridge)를 건너 콘월 스트리트(Cornwall St.)에서 내리면 도보로 이동, 키칠라노 해변에 도착.

버스로 약 50분 소요

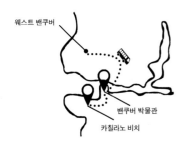

웨스트 밴쿠버

밴쿠버 박물관

카칠라노 비치

미리 알아본 것은?

✳ 키칠라노 해변(Kitsilano Beach)

키칠라노 해변은 밴쿠버 남부, 그랜빌 아일랜드의 남서쪽에 위치한 배니어 공원 서쪽에 형성되어 있다. 키칠라노 해변을 나와 골목길을 따라 웨스트 4번가로 가면, 쇼핑과 이색 맛집을 구경해보는 재미도 가져볼 수 있다. 해변 서쪽으로 더 나아가면 브리티시 컬럼비아 대학과 UBC 내 6번 산책로(Trail No.6) 부근 누드 비치인 렉 해변(Wreck Beach)으로도 갈 수 있다. 단, 누드 비치라고 아이들과 호기심으로 가서 사진 촬영하는 건 절대 금지다!

다르게 본 것은?

✳ 개와 사람이 함께 쉬는 휴식처

반려견들과 사람이 함께 즐기는 모습을 쉽게 만날 수 있다. 주인이 장난감을 던지면 물속으로 풍덩 하고 들어가서 수영을 능수능란하게 하며 물고 나온다. 목줄 없이 재롱을 떨고 자유롭게 뛰고, 수영하고, 노는 모습은 놀라웠다.

모래사장에는 오래된 통나무들이 벤치를 대신해준다. 나무에 등을 기대고 앉아 여유로이 태닝을 즐긴다.

DAY 8　말발굽 놀이터

1. 오늘은 홀슈베이 놀이터에 놀러 왔다.

   홀슈베이라니 말(horse), 신발(shoe), 말의 신발?

   Bay는 뭔지 모르겠다.

   사람들이 큰 배를 타고 왔다 간다.

2. 물 위로 헤엄치는 흑고니 가족도 만났다.

3. 놀이터에서, 그네, 미끄럼틀, 모래삽 놀이를 하며 신나게

   놀았다. 재미있었다.

4. 깜깜한 밤에 바다 건너 불꽃놀이 대회를 구경했다.

   이번에는 일본 편이라고 한다.

   작게 보였지만 멋있었다.

   다음엔 꼭 캐나다 편을 볼 것이다.

1

2

홀슈베이에서 만난 흑고니 가족

3

4

홀슈베이에서 쉬어가기

2017년 7월 29일

산과 바다에 매일 맑은 하늘이 있는 이곳에 있다는 것 자체가 행복하게 느껴졌다.

매일 미세먼지 농도를 체크하고, 외부 활동 자제를 해야 하는 우리나라의 현실이 생각나는 순간이었다. 모래알이 투명하게 보이는 바다에서 헤엄치는 흑고니 가족을 만나는 일은 이제 흔한 일상으로 느껴진다. 시원

▲ 모래삽 놀이 삼매경

▲ 숙소 앞에서 내려다보이는 불꽃 축제

한 바닷바람에 아이처럼 나도 기분이 좋아진다.

공원 중앙의 놀이터는 아이들이 신나게 놀기 좋은 곳이었다. 유일한 동양 어린이였지만, 처음에 쭈뼛거리던 지형이는 어느덧 자연스럽게 다른 아이들과 어울리고 있었다. 아이들에게 듬뿍 사랑을 주고 함께 여유로운 시간을 보내는 캐나다의 부모들 사이에 앉아서 지형이를 보고 있자니 '지형이와 늘 같이 뛰어놀아 주는 알렌이 있었으면…' 하는 생각이 들었다.

숙소로 돌아와, 밤 10시가 되어서 혼다(Honda)에서 주최하는 '불꽃 축제 첫날 - 일본 편'을 감상했다.

밤이 늦어 잉글리쉬 베이(English Bay)에 직접 가보지는 못했지만, 숙소 건너편으로 조그맣게 보이는 해변의 불꽃놀이를 지형이와 한동안 지켜봤다.

캐나다 150주년 기념 캐나다 데이(Canada Day)는 7월 1일이라 보지 못해서 아쉬웠지만, 숙소 앞의 작은 불꽃놀이를 지형이는 '불꽃놀이 파티'로 생각해주니 기뻤다.

홀슈베이   웨스트 밴쿠버

✳ Day8. 지형이라 갔던 곳은?

웨스트 밴쿠버 마린 드라이브(West Vancouver Marine Drive) →

홀슈베이(Horseshoe Bay)

250번을 타고 종점인 홀슈베이에 도착.

버스로 약 20~30분 소요.

미리 알아본 것은?

✳ 홀슈베이(Horseshoe Bay)

밴쿠버 서쪽의 섬들을 연결하는 BC페리 선착장이 있는 곳으로, 밴쿠버에서 3번째로 번화한 터미널이다. 중앙 부분이 움푹파인 말굽 모양처럼 생겨서 붙여진 이름이라고 한다. 바닷가 부근에 다양한 레스토랑들은 밴쿠버 서부 지역에서 맛집이 많기로 소문이 나 있으니, 꼭 한 번 들러 봐야 한다.

교통 시내 조지아 스트리트(Giogia St.)에서 버스 250, 257번 버스

✳ 혼다 불꽃놀이 축제(Honda Celebration of Light)

밴쿠버에서 매년 여름 잉글리쉬 베이에서 펼쳐지는 불꽃놀이 축제 시기는 매년 7월 말~8월 초이며 해마다 진행되는 날짜는 다르다. 2018년 7월 28일, 8월 1일, 4일 예정

웹사이트 http://hondacelebrationoflight.com/

교통 시내 세이무어 스트리트(Seymour St.)에서

잉글리쉬 베이(English Bay)행 버스 5·6·10번

▲ 홀슈베이 BC페리 터미널 (우측)과 선착장을 바라보며…

DAY 9 자연 속의 인류학 박물관

1. 오늘은 인류학 박물관이다.

   나는 거기에서 인디언들이 사용하는 무기, 바구니, 일할 때 쓰는
   물건을 봤다.

   너무 신기했다. 그리고 다양한 토템폴도 많~이 봤다.

   캐나다 건국 150주년의 역사가 담겨 있는 것 같아 뿌듯했다.

원주민들의 정교한 나무 조각품

1

DAY 9

소통하는 박물관

2017년 7월 30일

밴쿠버에서 두 번째 맞는 일요일.

일요일의 기분을 만끽하며 아침에 게으름을 피웠다. 매일 매일 가볼 수 있는 곳은 다 가보고 싶은 엄마의 마음에 오후에는 브리티쉬 컬럼비아 대학(UBC: University of British Columbia) 내에 있는 인류학 박물관 (MOA: Museum of Anthropology)에 가기로 했다.

처음에는 버스에서 1시간이 넘으면 '엄마, 언제 내려? 아 힘들다' 하며 불평도 했었는데, 이제 제법 참는 기색이다.

브리티쉬 컬럼비아 대학은 캐나다 서부를 대표하는 대학교로, 캠퍼스 내부에 버스가 다닐 정도로 규모가 어마어마했다. 한참을 걸어 도착한 인류학 박물관에서 캐나다의 과거가 고스란히 담긴 인디언 원주민들의 나무 조각품, 수공예품, 사냥 도구들을 보고 지형이는 무서워하면서도 신기해했다. 한국의 한복과 탈 전시품들을 보더니 익숙함과 반가움 때문인지 엄마 손을 잡아끌기도 했다.

지형이는 일본 작가 작품*에 흠뻑 빠져 시간을 보냈다. 아이들이 손이나 그림자로 한자(꽃花, 비雨, 눈雪, 산山, 금金 등)를 터치하면 그에 맞는 그림이 영상으로 펼쳐지는 작품이었다. 쌍방향으로 소통할 수 있는 디지털 설치 예술 작품들로 인해서 제한된 공간에서 멋진 그림에 취해 볼 수 있었다.

---

* 사랑스럽고 아름다운 세상 (What a loving, and beautiful world)
  작가 다카하시 히데아키와 팀 (Hideaki Takahashi와 team lab)
  웹사이트 https://www.teamlab.art/w/whatloving/

▲ 일(日)을 터치하면, 해가 나올 거야

▲ 박물관 중앙에 위치한 거대한 토템폴들을 지나
입구로 다시 나오게 된다

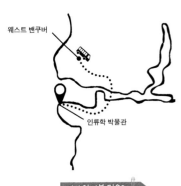

웨스트 밴쿠버

인류학 박물관

※ Day9. 지형이라 갔던 곳은?

웨스트 밴쿠버 마린 드라이브(West Vancouver Marine Drive) →
브리티쉬 컬럼비아 대학 내 인류학 박물관(University of British
Columbia Museum of Anthropology)

250번을 타고 다운타운에서 버스를 갈아타야 함.

버스로 이동 시 약 1시간 30분~1시간 40분 소요.

미리 알아본 것은?

※ 인류학 박물관

(University of British Columbia: Museum of Anthropology: MOA)

도서관 지하에서 시작된 박물관은 1976년 세계적으로 유명한
캐나다 건축가 아서 에릭슨(Arthur Ericson)의 설계에 의해 지어
진 지금의 건물로 이전. 박물관 전체에 전시된 소장품은 약
50,000여 점. 토속신앙과 연관이 깊은 토템폴(Totem Pole)은 박
물관의 대표 전시물이다.

운영시간 화~일 10:00~17:00(1년 내내 목요일은 21:00까지)

　　　　5월 중순~10월 중순 월요일 휴관

입장료 성인 C$18, 학생 C$16

교통 다운타운 그랜빌 스트리트(Granville St.)에서 4번·14번 버스

웹사이트 https://moa.ubc.ca/

▲ 'The Raven and the First Men' 원주민 하이다족(Haida) 예술가인 故 Bill Reid가 만든 작품
거대한 조개껍질 속에서 최초의 인간(선조)들이 세상 밖으로 나오려고 힘겹게 발버둥 치는 것을 목격한 커다란 까마귀가 이를 돕는 모습을 형상화한 작품으로 하이다족(인류)의 기원을 표현함. 참고로 우리나라와는 반대로 캐나다에서 까마귀는 길조. 메인홀과 전시실 사이 공간에 위치

<table>
<tr><td>2017 년 7 월 31 일 월 요일</td><td>오늘 날씨 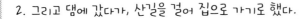</td></tr>
<tr><td>일어난 시각 9 시 00 분</td><td>잠자는 시각 11 시 25 분</td></tr>
</table>

DAY 10 길을 잃었다

1. 캐필라노 흔들 다리를 탔다.

   다리가 흔들거려서 내 몸도 부들부들 떨렸다.

   그치만 다람쥐들이 많아 즐거웠다.

2. 그리고 댐에 갔다가, 산길을 걸어 집으로 가기로 했다.

   근데 이상하게도 계속 숲만 보였다.

   사람들도 안 보였다.

   '곰 주의(CAUTION IN BEAR)!'

   정말 곰이 나타나면 어쩌지?

   엄마 핸드폰 배터리는 제로여서 내비게이션도 없다.

   그런데 캐나다 사람을 만나서 큰길로 나왔다.

   엄마가 내 손에 침을 뱉어 방향을 찾아보라고 했다.

   드디어 찾았다! 집에 돌아왔다.

   오늘은 마치 지옥을 경험한 것 같은 느낌이었다.

DAY 10

아이들과 트레일

2017년 7월 31일

캐나다는 산과 바다, 호수로 유명하지 않은가? 이제는 산, 바다, 호수를 지형이와 직접 보고 싶어서 캐필라노 계곡(Capilano Canyon)을 찾아갔다. 캐필라노 현수교(Capilano Suspension Bridge)에서 지형이는 겁이 났는지 내가 다리를 좀 흔들면 "엄마 장난치지 마! 장난치면 안 돼!" 하고 외치면서 내 옷깃을 꼭 잡고 한 발 한 발 내디뎠다. 그렇게 천천히 세계에서 가장 무서운 다리 중 하나를 다 건너고 나니 두려울 게 없어진 모습이다. 징그러워 하던 곤충은 그림도 만지지 못하며 "엄마가 만져 봐." 하던 지형이가 이곳의 자연을 그대로 받아들이고 체험하고 있었다.

잠시 간식을 먹는 우리 앞으로 다람쥐 한 마리가 서성인다. 자신에게 달려들까 봐 강아지도 먼발치에서만 보던 지형이가 다람쥐에게 다가가는 용기도 보여준다.

다음 여정인 클리브랜드 댐에서 나는 잡지에서나 볼 수 있던 맑고 깨끗한 하늘과 호수 풍경에 푹 빠져 버렸다. 이런 호수를 로키산맥에서는 더 많이 볼 수 있다고 하니 더 기대가 된다. 다운타운에서 조금만 벗어나도 거대한 나무숲과 호수를 만날 수 있는 이런 환경이 부러웠다.

몇몇 사람들이 걸어서 내려가는 것을 보고 나와 꼬마 둘은 트레일 코스로 걸어서, 숙소행 버스를 타는 정류장까지 가보기로 했다. 일행 중 두 살배기는 잠이 들었는데 유모차로는 갈 수가 없는 길이어서 아쉬웠다. 휴대폰 배터리가 거의 바닥난 상황이었지만, 20분 내외 도보는 별로 어려워 보이지 않아 가보기로 하고 길을 나섰다.

▲ 고소 공포증 극복! 현수교를 건넜어요

▲ 개미 가슴을 쥐어 봐야지

▲ 엄마, 여기 곤충과 식물 책이 있어요

▲ 새도 안 무서워요

2부_본격 한 달 살기, 해봐야 하는 것, 가봐야 아는 곳 67

DAY 10

길을 잃었던 아찔한 순간

2017년 7월 31일

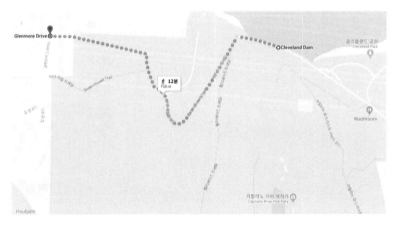

바덴 파월 트레일 코스(Baden Powell Trail)로 직진만 하면 된다. 그런데, 갑자기 가던 길이 좁고 어두워 보이고 '곰 주의(CAUTION IN BEAR)'라는 표지판을 보니 겁이 덜컥 나서 직진해야 할 길을 우회하는 실수를 저질렀다. 싱글 포스트 트레일-퍼시픽 트레일(Single post trail-cleveland pacific trail) 코스로 들어섰다. 지형이는 "엄마가 길을 잘못 들었잖아"라고 원망하는 말투다. 그러나 중간에 사람들도 만나고 하면서 이내 웃고 노래도 부르고 떠든다.
그 이후 30분 이상을 걸어도 아무도 만날 수 없었다. 해가 기우는지 조금씩 어두워지면서 불안한 마음이 조금씩 커졌다. 아이들을 안심시켜야 하는데, 나부터 진정이 안 되었다.
'제발 아무나 사람을 만나게 해 주세요!'

그때 혼자 하이킹 중이던 캐나다 여성분을 만날 수 있었다. 20대 초반의 대학생 느낌이었는데 결혼도 한 요리사라고 했다.

"Hello, we lost our way to a bus stop. So we are looking for a main road(버스정류장으로 가는 길을 잃어버렸어요. 큰 도로를 찾아 나가야 해요)."

그녀는 역방향이었지만, 버스가 다니는 대로인 스티븐스 드라이브(Stevens drive)와 연결된 레빗 레인(Rabit lane)까지 직접 안내해주었다.

그런데 레빗 레인을 걷다가 또 두 갈래 길이 나왔다.

"지형아, 두 갈래 길에서 침을 뱉어 보고 길을 찾으면 된다고 했던 거 기억 나?"

"뭬 엄마, 이쪽으로 직진하자!"

지형이 의견에 따라 한쪽 길로 들어섰다.

"엄마, 더워요. 아, 다리 아파."

올바른 길로 들어섰다는 확신 때문인지 아이들은 이제야 힘든 소리를 시작했다. 불안하고 무서웠을 텐데 재미있게 수다를 떨며 잘 견뎌준 아이들에게 고마운 마음이 들었다.

멀리서 차가 다가오는 게 보였다. 설마 하는 마음에 아이들에게 히치하이킹을 해보자고 한 후 손을 흔들었는데, 정말 차가 멈추더니 후진을 하는 게 아닌가.

하마터면 '버스 정류장까지 태워 주시면 안 될까요?'라는 말이 툭 튀어나올 뻔했다.

"We are looking for a bus top near Stevens Drive(스티븐스 드라이브 쪽에서 버스 정류장을 찾고 있어요)."

"This is right road. 5 mins walk to bus stop, go straight(이 길이 맞아요. 5분 정도 쭉 걸어가면 버스 정류장입니다)."

마음 같아서는 차를 얻어 타고 싶었지만, 낯선 이의 차를 절대 타서는 안 된다고 아이들에게 교육하지 않았는가.

"엄마, 차가 멈췄어요. 우리 태워 준대요?"

"우리가 길을 잘 찾았대. 친절하신 분이라 안 태워 주신 게 맞고, 감사한 거야."

우여곡절 끝에 숙소에 도착하니 안도의 한숨이 나왔다.

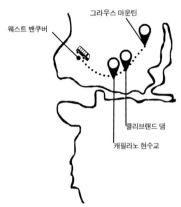

그라우스 마운틴

웨스트 밴쿠버

클리브랜드 댐

캐필라노 현수교

☀ Day10. 이동경로

웨스트 밴쿠버 마린 드라이브(West Vancouver Marine Drive) →
캐필라노 현수교(Capilano Suspension Bridge) →그라우스산
(Grouse Mountain) → 클리브랜드 댐(Cleveland Dam)

250번, 253번 버스를 타고 캐필라노 로드(Capilano road)에서
246번 버스를 갈아타고 이동, 버스로 약 40분 소요.

캐필라노 로드를 따라 버스를 타고 이동하면 그라우스산
(Grouse mountain)과 클리브랜드 댐에 도착 가능.

약 10~15분 소요.

미리 알아본 것은?

☀ 캐필라노 현수교 & 정원(Capilano Suspension Bridge)

밴쿠버 북쪽에 위치한 캐필라노 계곡(Capilano Canyon)의 현수
교(Suspension Bridge)는 흔들흔들 짜릿함으로 유명한 관광코
스라 늘 인산인해로 줄을 서야 하고 혼잡해서 아침 일찍 서두
르는 게 좋다.

운영시간 3월 10일~4월 20일/9월~10월 09:00~18:00,
       1월~3월초/10월~11월 ~17:00, 4월~5월 ~19:00,
       5월~9월 08:00~20:00

요금 일반 C$42.95, 아동 C$14.95

교통 론즈데일 키에서 버스 236번

웹사이트 https://www.capbridge.com/

☀ 그라우스 산 스카이 라이드(Grouse Mountain Sky ride)

교통 론즈데일 키에서 버스 236번

운영시간 월-금 08:45~22:00 공휴일, 주말, 봄 시즌 08:15~22:00

요금 일반 C$63, 아동 $28

웹사이트 https://www.grousemountain.com/

▲ 산, 하늘, 호수가 조화를 이뤄 아름다웠던 클리브랜드 댐

✳ 클리브랜드 댐(Cleveland Dam)

날씨가 좋을 때, 한가롭게 친구, 연인, 가족끼리 잔디 위에 누워 조용히 책을 읽거나, 도시락을 들고 와 휴식을 취하기 좋은 곳이다.

교통 론즈데일 키에서 버스 236번

다르게 본 것은?

✳ 길 종류가 왜 이렇게 많은 거야? 영어 지명의 길 이름 구별하는 팁!

● 로드(Road: Rd.) - 두 점을 잇는 길은 모두 로드. 도로, 길이라고 보면 됨.

● 웨이(Way) - Road에서 좀 떨어진 작은 옆 Street.

● 스트리트(Street: St.)/애비뉴(Avenue: Ave.) - 스트리트는 양쪽에 건물이나 나무가 있는 공공 도로. 보통 애비뉴와 수직을 이룬다.

● 블리바드(Boulevard: Blvd.) - 양쪽에 나무가 있고 가운데 중앙분리대가 있는 넓은 도로. 대로.

● 레인(Lane: Ln.) - 블리바드와 반대로 좁은 길. 보통 교외에 있음.

● 드라이브(Drive: Dr.) - 드라이브는 보통 산이나 호수 등을 낀 길고 굽어진 길.

DAY 11 시 버스(Sea Bus) 탄 날

1. 오늘은 린 협곡에 가서 놀았다.

  나는 흔들 다리도 타고, 계곡에서 엄청 댐을 쌓고, 돌멩이도 주웠다.

2. 그리고 집으로 갈 때는 시 버스(Sea Bus)를 타고 다운타운으로 갔다.

3. 250번 버스를 타고 집 근처 바닷가 근처 놀이터에 갔다.

4. 나는 토템폴을 만들었다.

원주민들이 나무를 조각해서 기둥처럼 세워 놓은 것

1

댐을 만들어야 돼~

2

3

4

토템풀을 만들어 볼까? 여기가 머리야.

돌로 조각하면 더 잘 될 거야~

▲ 고소공포증 극복! 현수교를 건넜어요

▲ 차가워도 괜찮아요

▲ 증기시계 앞에서 포즈를 취해요

▲ 시 버스에 와이퍼가 있다면 하버센터
　타워가 더 멋지게 잘 보일 텐데…

린, 신비로운 숲 체험

2017년 8월 1일

린 캐니언 공원은 빼곡하게 들어찬 키 높은 나무들과 얼음같이 차가운 계곡물에서 수영을 할 수 있는 일석이조의 장소이다. 흔들흔들 매달려 있는 현수교도 있는데, 지형이는 이제 씩씩하게 잘 건너간다. 캐필라노 현수교보다는 짧고 높이도 낮았지만, 공짜로 시원한 물소리를 내며 떨어지는 작은 쌍둥이 폭포(Twin falls)도 볼 수 있고, 아래로 흐르는 맑은 계곡도 볼 수 있어서 좋았다.

정령의 숲속에 온 것처럼 흐드러진 나무숲을 지나면 투명한 바닥이 훤히 보이는 맑은 계곡이 펼쳐진다. 이곳에서는 아이나 어른이나 시원하게 발을 담그고 놀고 사진을 찍을 수밖에 없다. 물이 너무 차서 걱정이 앞서도, 돌멩이로 댐을 쌓고 깔깔거리는 지형이를 보니 잔소리가 나오지 않는다.

가지고 온 야채와 샌드위치 간식을 먹고, 다운타운으로 이동한다.

밴쿠버의 시 버스를 처음 타보는 만큼 기대가 컸나 보다. 뿌연 창문을 보며 지형이와 함께 아쉬움을 느꼈다.

다운타운에 도착하여 개스타운의 명물 증기시계 앞에서 여느 관광객처럼 인증샷도 찍어봤다. 그리고 반갑게 만난 한국 식당 '하루 코리안 키친(Haru Korean kitchen)'에서 우리의 허기를 달랬다.

엄마 식단에 질린 것일까? 아이들이 평소와 다르게 가리지 않고 너무 잘 먹어서 깜짝 놀랐다.

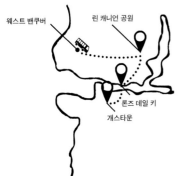

웨스트 밴쿠버　린 캐니언 공원

론즈 데일 키

개스타운

✳ Day11. 지형이라 갔던 곳은?

웨스트 밴쿠버 마린 드라이브(West Vancouver Marine Drive) →
린 캐니언 공원(Lynn Canyon Park) → 론즈 데일 키(Londales
Quay) → 개스타운(Gastown)

캐필라노 대학행 255번 버스를 타고 이동, 약 50분~1시간 소요.
이후 론즈데일 키(Londales Quay)로 버스 228번, 229번을 타고
이동, 시 버스(Sea bus)로 워터프론트 역(waterfront station)으로
이동, 약 45분 소요.

미리 알아본 것은?

✳ 린 캐니언 공원(Lynn Canyon Park)

밴쿠버 북부에 위치한 원시림의 원형을 그대로 간직한 도심 공원, 이용료는 없으며, 아이들
과 계곡 물놀이에 적합한 장소

운영시간 공원: 여름 07:00~21:00, 봄/가을 07:00~19:00, 겨울 07:00~일몰

생태학 센터: 6~9월 10:00~17:00, 10~5월 10:00~16:00(토-일, 공휴일 12:00~)

교통 다운타운 팬더 스트리트(Pender St.)에서 버스 210번, 론즈데일 키에서 버스 228번

웹사이트 https://lynncanyon.ca/

✳ 시 버스(Sea Bus)

시 버스는 다운타운으로 빠르게 이동할 수 있는 수단이다. 1~2존을 통과하게 돼서, 2
존 요금(일반 C$4.1, 학생 C$2.8)을 더 내게 된다.

자세한 대중교통 정보는 www.translink.ca 이용.

▲ 린 캐니언 산책로는 빼곡한 나무숲과 이끼 낀 나뭇가지들에 휩싸여 원시림 같은 신비로운 느낌이 들었다

▲ 바닥이 시원히 보이는 계곡에도 풍덩

2부_본격 한 달 살기, 해봐야 하는 것, 가봐야 아는 곳   77

DAY 12 올라 올라 휘슬러

1. 오늘은 휘슬러에 갔다.

나는 거기서 6살 동생 주환이를 만나서, 같이 2시간 자동차를

타고 휘슬러에 갔다.

휘슬러에서 곤돌라를 타고 정상까지 올라오고 또 올라갔다.

올라가고 또 올라가고 계~속 계속 갔다. 하품이 났다.

산에 나무들이 작게 보였다.

눈이 쌓인 정상까지 올라왔다.

그러나 나는 슬펐다. 눈사람을 못 만들어서….

그리고 다시 내려가고 또 내려가고 계속 내려갔다.

그리고 물고기도 잡고, 집에 도착했다.

저녁 먹고
도착했단 말씀~♪

물고기도 잡았다.

주환

기록적인 미세먼지와의 사투

2017년 8월 2일

오늘은 에이미와 큰아들 6살 주환이가 화이트 락(White Rock)에서 우리 숙소까지 차를 가지고 와서 같이 휘슬러로 출발하기로 했다.

며칠째 BC주(British Columbia) 산불 대화재의 영향으로, 30도 폭염(우리나라와 비교하면 더운 날씨도 아닌데 이곳은 30도면 폭염 주의보다)과 건조 주의보로 미세먼지가 며칠째 계속되고 있다. 휘슬러 정상으로 가는 피크 투 피크(peak 2 peak) 곤돌라는 비싼 비용을 주고 탄 것을 후회할 정도로 앞이 잘 보이지 않았다. 지형이는 하품도 한다. 이날 미세먼지가 기록적으로 최고 단계인 12레벨이었다는 것은 나중에 기사를 보고 알았다.

그렇지만 "엄마, 저 아래로 보이는 나무들이 정말 작다"라고 할 정도로, 휘슬러 정상의 높이(2,182㎞)는 높았다. 다행히 폭염에도 정상의 눈이 녹지 않아, 아이들은 얼음과 녹은 빙하수도 만져볼 수 있었다. 그제야 지형이의 얼굴에도 미소가 번진다.

마지막으로 들른 레인보우 호수(Rainbow lake)는 뿌연 공기에도 아이들과 잠시 잔디에서 여유를 즐기기에는 탁월한 장소였다. 휘슬러는 어린 꼬마들에게는 다소 도전적인 2시간 정도의 드라이브 코스였다. 아침 10시에 출발해서 밤 12시에 취침을 하니 지형이는 녹초가 되어버렸다. 그렇게 밴쿠버에서 기록적인 미세먼지와 고공 곤돌라, 그리고 새로운 친구와의 물놀이, 엄마들의 수다는 지형이의 일기에 추억 하나로 추가되었다.

▲ P2P 곤돌라를 타고 정상으로 Go Go!

▲ 아아 언제까지 타야 하는 거야

▲ 라운드하우스 로지(Roundhouse Lodge)에서 리프트 피크 체어(Peak Chair)를 타고 최정상에 도전하려고 했는데, 4시에 문을 닫았다. 아쉽다. 돌아오는 길이 남아 있는 빙하와 빙하수를 만져보며 아쉬움을 달래 본다

▲ 엄마들은 수다, 아이들은 물고기잡이 중

2부_본격 한 달 살기, 해봐야 하는 것, 가봐야 아는 곳 81

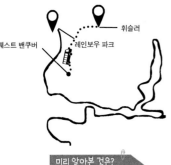

웨스트 밴쿠버

레인보우 파크

휘슬러

※ Day12. 지형이가 갔던 곳은?

웨스트 밴쿠버 마린 드라이브(West Vancouver Marine Drive) →
휘슬러(Whistler)

차로 이동해서 약 1시간 30분~2시간 소요.

미리 알아본 것은?

※ 휘슬러 마운틴 곤돌라(Whistler Mountain Gondola)

곤돌라 운행 시간 거울 11월~4월 08:30~03:00,

어름 6월~9월 매일 09:00~17:00

곤돌라는 휘슬러 빌리지 내 휘슬러 베이스(Whistler Base)

요금(P2P 곤돌라) 일반 C$55, 청소년 C$48, 어린이 C$27

교통 밴쿠버에서 휘슬러로 가는 방법은 자동차 혹은 버스밖에 없
다. 차로는 1시간 20분~1시간 40분, 버스로는 경유를 감안하
면 2시간 30분 정도 소요. 버스는 그레이하운드(Greyhound)가
저렴하다고 한다. 하루 4~5대 운행하며 자세한 정보는 아래 사
이트에서 확인할 수 있다.

웹사이트 https://www.greyhound.ca/

웹사이트 https://www.whistler.com/

다르게 본 것은?

▲ 레인보우 파크 가는 길

※ 레인보우 파크(Rainbow Park)

레인보우 파크는 휘슬러에서 가장 인기 있는 수영 장소 중 하
나이다.

날씨가 좋다면, 호수의 푸른 빛과 눈부신 녹색으로 둘러싸여,
편안한 휴식처라 하겠다. 휘슬러 빌리지에서 차로 8.4㎞, 약 12
분 소요.

웹사이트 http://whistlerhiatus.com

2017 년 8 월 3 일 목 요일	오늘 날씨 ☀ ⛅ ☁ ☂ ☽
일어난 시각 10 시 00 분	잠자는 시각 11 시 30 분

DAY 13   편안히 쉬는 것도 좋아요

1. 동네 도서관에 들러서 책도 읽고, 공원에 가기로 했다.

한글 책도 있어서, 기분이 좋았다.

공원에서는 호신술 놀이를 했다.

무한도전 얘기를 하며 아이스크림을 먹었다.

편안히 쉬는 것도 좋은 것 같다.

도서관에서 책을 읽었다.

공원에서 놀았다.

회전 놀이

가족 공원에서의 우연한 사색

2017년 8월 3일

휴식이다. 공원에서 둘이 때로는 지형이 혼자 노는 시간을 가졌다. 이곳의 벤치에는 벤치를 기부한 사람들의 이름과 그들이 남긴 글귀를 볼 수 있었다. 글귀들을 살펴보며 '나는 어떤 부모가 되고 싶은가?', '지형이는 어떤 부모를 원할까?'에 대해 고민해 보았다. 정답은 없다. 엄마가 스스로 소중히 여기는 모습을 보여준다면, 지형이도 그 모습을 본받아 자기 자신을 사랑하고 스스로 성장하는 힘을 키울 수 있지 않을까하는 생각을 해 본다.

Our Parents don't tell us how to live, they live and let us watch them do it. - George and Mary Born
우리의 부모님은 우리에게 어떻게 살아야 하는지를 말하지 않으며, 그들이 살아가는 것을 우리가 보도록 했습니다.

▲ 욘 로슨 공원 놀이터

웨스트 밴쿠버

✳ Day13. 지형이라 갔던 곳은?

웨스트 밴쿠버 마린 드라이브(West Vancouver Marine Drive) →
메모리얼 도서관(Memorial Library) → 욘 로슨 공원(John Law-
son Park),

250번 버스. 약 8분 소요.

미리 알아본 것은?

욘 로슨 공원(John Lawson Park)
웨스트 밴쿠버의 역사와 유산의 아이콘
으로, 1872년 Navvy Jack Thomas가 집
을 지었고, 이후 1905년 웨스트 밴쿠버
의 아버지인 욘 로슨(John Lawson) 가족
이 정착하여 이름 지어짐. 공원 앞으로는
1.5㎞나 되는 라이온스 게이트가 보이며,
피크닉, 수영 및 가족들에게 인기 있는 웨
스트 밴쿠버의 핫플레이스.
웹사이트 https://westvancouver.ca/
parks-recreation/parks/john-law-
son-park/

DAY 14   버라이어티

1. 파크 로열 쇼핑센터에 갔다.

   인디고(Indigo) 서점에도 갔다. 엄마는 내가 좋아하는 스펀지밥

   영어책을 사 주셨다.

2. 우리는 점심도 캐나다에서 유명한 도넛도 먹었다.

3. 내가 좋아하는 초콜릿이 발라져 있어, 너무 맛있었다.

4. 집에 돌아올 때 바닷가 공원을 걸었다.

   해달이 멀리서 헤엄을 치는 것을 발견했다.

   같이 간 친구는 카메라로 사진을 찍었다.

   수영을 하느라 안 보이기도 했지만,

   우리를 향해 포즈를 취하고 있는 것 같았다.

▲ 보스턴 크림 도너츠(Boston Cream Donuts)
@ 파크로열 팀 홀튼(Tim Hortons)

▲ 스펀지 밥 사야지

책에 대한 의견 차이

2017년 8월 4일

인디고(Indigo) 서점에 들러 가지고 싶은 책을 고르면 사 준다고 했다. 한참을 책 주변에서 고민만 하고 있다. 장난감을 고르라면 아주 빠를 텐데, 책은 어려워한다. 나는 "이 책은 어때? 재미있겠다"라고 하며 이것저것 교육적인 책들을 추천해주었지만 지형이는 싫다고 하며 흥미를 보이지 않는다. 한참 실랑이를 벌이다 지형이는 결국 자신이 봤던 애니메이션 『스펀지 밥(Sponge Bob)』을 고른다. 하지만 나는 이에 굴하지 않고, 메모리얼 도서관에서 같이 읽었던 『칼슨 캐나다를 횡단하다(Carson crosses Canada)』그림책을 구매했다. 그렇게 아이를 회유하여 사 온 그림책은 여행 후 책꽂이에서 밴쿠버의 추억을 소환해주는 보물이 되었다.

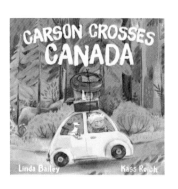

『칼슨 캐나다를 횡단하다(Carson crosses Canada)』▶
강아지 칼슨과 애니 할머니가 동생을 만나러 캐나다 횡단을 하는 그림책인데,
캐나다의 대표 여행지와 음식들을 먹으며, 결국 동생 딕비(Digby)를
만나서 행복한 엔딩을 맞이하는 이야기.

DAY 14

해달도 만날 수 있는 해변 놀이터

2017년 8월 4일

웨스트 밴쿠버의 숙소를 결정할 때, 아이들이 놀 수 있는 해변과 공원이 도보 거리에 위치하는가도 중요한 결정 요인 중 하나였다. 던다레이브 공원(Dundarave Park)이 그런 장소였다.

쇼핑 후, 아이들과 웨스트 밴쿠버의 해변을 걸었다. 지형이가 바다에서 수영하고 있는 해달을 발견했다.

"엄마, 저기 해달이 있어요. 엄마, 말해 봐."

"안녕, 지형아? 캐나다에 온 걸 환영해."(엄마의 해달 목소리 흉내)

지형이가 웃는다. 그리고 처음 발견했다며 우쭐해 한다.

해달이 너무 멀리에 있어서 카메라로 담아내기에 충분치 않음에 아쉬웠다.

지형이는 매일 여정 중 하나로, 이 공원에 들르자고 조른다.

공원에서 나뒹구는 나무 한 토막을 가지고도 토템폴을 조각한다고 열중한다.

밴쿠버의 유명한 관광지를 구경하는 즐거움보다는, 지금 또래와의 놀이에 몰입할 수 있는 놀이터가 더 즐거운 게 지형이의 마음인 것 같다.

사람이 행복을 느끼는 데는 어디에 있느냐보다는 누구와 무엇을 어떻게 하느냐가 중요한 요소인 것 같다는 느낌이 들었다.

결국, 몰입과 소통을 통해 조금씩 성장하는 것. 그것이 우리가 추구하는 삶의 과정이라는 생각을 해본다.

▲ 엄마, 해달 사진 찍어줘요

▲ 저 멀리 바다 건너 뭐가 있어요?

▲ 매일 계속 토템폴을 꼭 만들고 가야 해요

웨스트 밴쿠버

파크 로열 쇼핑센터

웨스트 밴쿠버
던다레이브 파크

✳ Day14. 지형이라 갔던 곳은?

웨스트 밴쿠버 마린 드라이브(West Vancouver Marine Drive) →
파크 로열 쇼핑 센터(Park Royal Shopping Centre) → 던다레이
브 공원(Dundarave Park)

250번 버스로 약 15분 소요.

미리 알아본 것은?

✳ 파크 로열 쇼핑 센터(Park Royal Shopping Centre)

파크 로열 쇼핑 센터(Park Royal Shopping Centre) 밴쿠버 최대의 쇼핑몰, 사우스·노스 파크
로열 2개로 나뉨.

주소 2002 Park Royal S, West Vancouver

영업시간 월·화 10:00~19:00, 수·금 ~21:00, 토 09:30~19:00, 일·공휴일 11:00~18:00

교통 다운타운에서 250,251,252,253,257, 258번. 라이온스 게이트 다리 지나 바로 서쪽.

웹사이트 http://www.shopparkroyal.com/

✳ 던다레이브 공원(Dundarave Park)

웨스트 밴쿠버에서 가장 많이 찾는 공원 중 하나. 50미터가 넘는 넓은 모래 해변에서 가족
이 야외 활동을 즐기기 좋은 장소. 떠다니는 수영 도크가 있어, 여름 시즌에는 수영이 가
능하다. 바다를 옆에 두고 긴 산책로를 아이들과 같이 걸으며, 한적하게 휴식을 즐기고, 저
녁노을을 감상하기에 좋다.

주소 150 25th Street West Vancouver, BC V7V 4H8 Dundarave

웹사이트 https://westvancouver.ca/parks-recreation/parks/dundarave-park

▲ 던다레이브 공원의 저녁 일상

▲ 해변 놀이터에서의 일상

2부_본격 한 달 살기, 해봐야 하는 것, 가봐야 아는 곳　97

DAY 15 도서관에서 인형 놀이

1. 나는 스토리 룸에서 '코끼리와 집을 바꿨어요' 책을 한글로 읽어 주는 활동에 참여했다. 선생님이 노래도 불러 주고, 책을 읽어주어서 기분이 좋았다.
그리고 도서관에서 인형 놀이도 했다. 신나는 날이었다.
그리고 '토끼와 호랑이' 이야기도 들었다.

2. 샤워 후 밤에는 드디어 불꽃놀이 대회-캐나다 편을 봤다.

1

2

(캐나다 팀)

샤워 한다.

놀 거리가 풍부한 도서관

2017년 8월 5일

며칠째 숙소 주변 공원과 도서관, 쇼핑몰을 오가며 지내고 있다.

밴쿠버까지 왔으니 더 많은 것을 보여주고 경험시켜주고 싶다는 조바심이 자꾸 올라온다. 하지만 지형이가 즐거워하는 모습을 보니 좀 쉬고 놀면서 슬로우 라이프를 즐기게 해 주는 것도 좋겠다는 생각에 마음을 내려놓기로 했다.

그냥 쉰다고 갔던 메모리얼 도서관은 정말 알찬 시간을 제공해준 곳이었다. 지형이는 기타 언어 섹션에서 우리말 책들을 골라 읽어본다. 물론 만화책에 먼저 손이 간다. 거기에 그림을 그릴 수도 있어서, 지형이는 한동안 그림 삼매경이다. 지형이만의 캐릭터 그림을 다른 캐나다 친구들도 유심히 봐 준다. 지형이는 그림 그리기를 즐긴다. 친구들이 잘 그린다고 칭찬도 해주니, 더욱 자신감을 가지는 것 같다.

함께 참여한 '한국어로 놀아요!' 프로그램은 영어와 한국어가 모두 가능한 사서가 아이들과 노래를 같이 부르고, 책을 읽어주고, 옛날이야기도 해준다. 30분 동안 영어와 한국어로 이야기를 해주니 지형이는 신기해하며 집중한다. 아이들에게 무료로 제공되는 이 서비스는, 당당히 노동으로 인정되고 급여도 받는다. '한국의 도서관에도 이런 파트 타임(Part-time) 아르바이트 제도가 있다면 얼마나 좋을까. 그렇다면 나도 1순위로 해보고 싶은데…' 하는 생각이 든다. 우리나라는 학교나 도서관에서 엄마들이 '책 읽어주는 엄마' 자원봉사 활동을 하고 있으나, 노동으로 정식

인정된다면 재능 있는 엄마들의 직업이 될 수 있을 것 같다는 생각이
들었다.

나도 마음먹고 30분 정도 아이들과 인형 놀이를 했다. 수다스러운 코끼
리 선생님 역할에, 지형이는 자지러지며 웃는다. 아이들을 웃게 해주니,
왠지 뿌듯해진다.

▲ 한글 만화책을 읽어요

▲ 하트 하트 뿅뿅

▲ 모두 차렷! 경례!
안녕하세요 코끼리 선생님이에요!

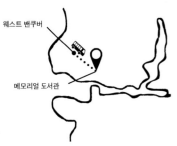

웨스트 밴쿠버

메모리얼 도서관

✳ **Day15. 지형이라 갔던 곳은?**

웨스트 밴쿠버 마린 드라이브(West Vancouver Marine Drive) →

메모리얼 도서관(Memorial Library)

250번 버스로 약 5~8분 소요.

미리 알아본 것은?

✳ **웨스트 밴쿠버 메모리얼 도서관(West Vancouver Memorial Library)**

주소 1950 Marine Drive, West Vancouver, B.C.

운영시간 월~목 10:00~21:00, 금 ~18:00, 토·일 ~17:00(7월~9월 초 일요일 및 공휴일 휴관)

웹사이트 https://westvanlibrary.ca/

- Celebration of Language FUN IN KOREAN(한국어로 놀아요)!: 영어와 한국어가 가능

  한 사서가 아이들에게 노래를 불러주고 책을 읽어주는 프로그램.

  7월 8일~8월 26일 여름 기간 이벤트 운영. 13:30~14:00, 당일 30분 전 신청 접수 가능.

다르게 본 것은?

1. 3층 정도 규모로 작은 도서관이지만, 키즈 북(Kids books) 구역에는 서가 외에도 스토리 룸
   (Story rooms), 인터넷 룸, 스터디 룸(Study rooms), 유아들이 놀 수 있는 구역까지 다양한 공
   간이 자리하고 있다.

2. 은퇴 인구가 많이 살고 있고 부유한 동네여서인지 편안히 앉아서 책을 읽을 수 있는 소파를 구비한
   리딩 룸(Reading room)도 따로 있어, 동네 어르신들이 책을 가까이할 수 있는 도서관.

3. 기부자 명단에서 보듯 기부 문화가 성숙된 지역 사회의 관심으로 유지되고 있음을 엿볼 수 있었음.

4. 스토리 타임을 공원이나 도서관에서 매일 오전 30분 진행하고 있어, 누구나 원하면 쉽게 와서 신청 가능함.

5. 연령별, 작가별로 도서 진열이 되어 있고, 작은 동네임에도 기타 언어(Other language) 코너에는
   한국어 도서도 찾아볼 수 있어 아이들이 너무 좋아함. 아이와 편안하게 책을 읽고 싶다면 꼭 가봐
   야 할 도서관.

▲ 일반 단행본 섹션

▲ 한국어로 놀아요!

▲ 기부자(Donors) 명단

▲ 리딩룸(Reading Room)

2부_본격 한 달 살기, 해봐야 하는 것, 가봐야 아는 곳 103

DAY 16 새로운 친구 사귀기

1. 스탠리 공원에 자전거를 타러 갔다.

   나 혼자 두발자전거를 탔고, 공원 한 바퀴를 다 돌았다.

   2시간 동안~ 대단한 기분이었다.

2. 분수대에서 물놀이도 했다.

3. 저녁에는 스탠리 공원에서 만난 하나 언니 집에 놀러 갔다.

   거기에는 '뿌꾸'라는 강아지가 있었다.

   나한테 달려올까 봐 조금 무서웠다.

4. 그래도 안 무서운 척하며 나는 스펀지 밥 만화를 보고, 초밥도

   맛있게 먹었다.

새로운 만남

2017년 8월 6일

세 번째 맞은 일요일이다. 현지 교회(밴쿠버 세계를 품은 교회)에서 예배를 드릴 수 있게 되었다. 1시 반 예배를 드리고 점심으로 떡과 샌드위치를 먹었는데, 지형이는 마치 천국의 맛 같다며 무지개떡을 잘 먹었다. 지금도 그 무지개떡이 정말 맛있었다고 말한다.

그 후 스탠리 공원에 자전거를 타러 갔다. 스탠리 공원의 해안선을 따라 달리다 보니 지나쳤던 풍경들이 새롭게 보였다. 지형이는 바다에 빠질까 봐 솔직히 무서웠다고 했다. 일방통행로를 따라 2시간 남짓 자전거를 타다 보니 나도 다리가 후들거릴 정도였는데, 지형이는 쉬지도 않고 잘 달렸다.

▲ 두발자전거도 거뜬해요!

▲ 더웠는데, 물놀이해서 시원해요!

'지형이가 이렇게 자랐구나' 하는 생각에 대견해서 엄지척! 칭찬을 해주었다.

같이 여행 온 친구 지인의 소개로 인경 언니 가족을 만나게 되었다. 첫 만남부터 활기가 느껴졌는데 이민 온 지 20년이 되었고, 열두 살 딸 하나를 두어 우리처럼 세 식구였다. 첫 만남인데 인경 언니가 식사에 초대해주어, 초밥도 먹고 캐나다에서의 육아와 교육에 대한 수다를 떨다 보니 어느새 저녁이 되었다.

하나는 어릴 적부터 생물학(Biology)에 관심이 있어, 8학년(고등학교)부터 전공 학교를 선택하고 진학하기 위해 생태 박물관과 동물원 등 각종 관련 체험 프로그램 및 여름 방학 캠프에 참여하고 있다고 한다. 부모는 어렸을 때부터 아이가 관심 분야를 접해볼 수 있도록 환경을 만들어 주고, 대학교 박사 과정까지 전공으로서 학문을 배워 나갈 수 있도록 도우려 한다고 한다.

'나는 지형이가 원할 때 필요로 하는 것들을 학원들을 통해 해소시켜 주겠다고 했지만, '남들이 하니까, 내 아이도' 하는 불안한 마음에 학원을 보내고 있는 것은 아닌지 스스로 생각해 보게 된다. 지형이가 그리기를 좋아하니 미술학원에만 보냈고, 막연하게 '선생님이 알아서 해 주시겠지' 하며 어떻게 가르칠지는 고민을 해본 적이 없었던 것 같다. 한국에 돌아가서 생각해 볼 숙제 하나를 챙긴 것 같다.

웨스트 밴쿠버

스탠리 공원

☀ Day16. 지형이랑 갔던 곳은?

웨스트 밴쿠버 마린 드라이브(West Vancouver Marine Drive) →
스탠리 공원(Stanley Park)
250번 버스로 다운타운 길포드 스트리트(Gilford St.)에서 하차.
약 25분 소요.

미리 알아본 것은?

☀ 스탠리 공원(Stanley Park)

도심과 가까운 곳이라고는 믿어지지 않을 만큼 울창한 숲을 이
루는 공원. 자전거 루트는 해안선을 따라 도로를 따로 만들어
놓아 아이들과 라이딩할 수 있다. 자전거 도로는 일방통행 도
로이다. 중간에 분수나 놀이터에서 쉬어갈 수 있으니, 아이들
과 자전거를 즐겨보길 바란다. 총 길이 10㎞, 소요시간은 1시
간 30분~2시간. 헬멧 착용은 의무!

자전거 대여소 Spokes Bicycle Rentals 1798 W.Georgia St./Bay-
shore Bicycle Ltd. 745 Denman St.

자전거 대여소에서는 신분증(여권)과 신용카드를 맡겨야 대여
가 가능하다.

▲ 잠수복을 입은 소녀 조각상 앞에서

▲ 250번 버스를 타고 늘 다니던 라이온스 게이트 브리지(Lions Gate Bridge가 멀리서 보인다

2017 년 8 월 7 일 **월** 요일	오늘 날씨 ☀ ⛅ ☁ ☂ ☃
일어난 시각　9 시　30 분	잠자는 시각　11 시　25 분

DAY 17　수리 수리 마수리 월드

1. 오늘은 사이언스 월드에 갔다. 전기로 마술을 해 보았다.

2. 그리고 해변에도 갔다. 거기에서 미끄럼틀을 보았다.

   재미있어 보이지는 않았는데, 하나 언니는 미끄럼틀을 타고 내

   려와 다이빙을 했다.

   멋있어 보였다. 언니는 5학년이고, 밴쿠버 시내에 산다.

   오늘은 하늘에서 까마귀 수십 마리를 한꺼번에 봤다.

   까마귀들이 가고 나면 해가 진다고 했다.

   깜짝 놀랄 일이었다.

수리 수리 마수리~

엄마는 동소이몽(同所異夢)

2017년 8월 7일

BC Day(British Columbia Day, 8월 첫번째 월요일) 공휴일에 하나 가족과 함께 텔루스 월드 오브 사이언스(TELUS World of Science)에 갔다.

지형이는 특히 플라즈마 공을 만지며, "엄마, 나 마녀 같지?" 음흉스럽게 웃는다. 과학 체험을 한다고 여기저기 다녀서, 어디 있는지 한참을 찾아다녀야 할 정도로 몰입하는 모습이었다.

이후, 잉글리쉬 베이(English Bay)에서 피자도 먹고, 다이빙을 하러 가는 하나를 보고 응원도 해 주었다. '그림을 잘 그려서 다음에 밴쿠버 드로잉 캠프에 오면 좋겠다'라고 말해주니 지형이는 기분이 좋은지 모래사장에서 춤까지 춘다. 칭찬은 지형이를 춤추게 한다.

해변에 앉아 인경 언니와 캐나다의 교육 시스템에 대해 잠시 이야기를 나누었다. 우리나라보다 덜 치열한 경쟁 사회일 것 같았으나, 현실은 그렇지 않다. 전공과 연계되는 캠프 활동, 자원봉사(Volunteer) 활동 등 연계 활동을 꾸준히 하여 장기적 비전을 가지고 커리어를 준비해야 한다. 그렇게 어릴 적부터 프로필을 쌓아야, 고등학교부터 원하는 곳에 진학할 수 있다.

'아이의 재능을 발견하고, 재능을 키워 주기 위해 엄마는 무엇을 어떻게 해야 하는가?'라는 질문을 접하니 나는 현재 무엇을 하고 있는지 잘 모르겠다. '내 아이가 특별하다'라는 믿음으로 지형이를 영재 교육 코스를 보내고, 예중·예고·미대 교육을 목표로 달려야 할까? 잠이 들기 전에 생각이 많아져서 영재 교육법에 대한 기사를 인터넷으로 찾아보았다. '영재성' 검증이 당연히 필요한 과정임을 알면서도, 왠지 입시같이 형식적인 느낌이 든다.

그림을 그릴 때 자신 있게 기분과 감정을 거침없이 선으로 그려내는 지형이에게 내가 어떻게 영감을 불어 넣어주고 능력이 퇴화되지 않도록 키워 줄 수 있을까? 엄마가 적극적으로 정보를 수집하고 채워주면 지형이가 지금처럼 재미있게 그림을 그릴 수 있을까? 부모의 많은 개입이 좋지 않다는 것은 알지만 잘 되지 않는다.

정답은 없지만, 지금 드는 생각을 적어보았다.

> · 지형이가 하는 질문을 무시하지 않고, 성실하게 대답해 주기
> · 있는 그대로를 받아들여 주고, 칭찬해 주기
> · 많은 경험을 하도록 옆에서 도와주기

엄마로서 잘해주지는 못하고 있지만, 딸에게 수다스러운 엄마가 되어주고 싶다.

옆에서 쿨쿨 자고 있는 지형이가 엄마의 욕심이 아니라 자신의 꿈을 위해 모험해 나갈 때 자신의 재능(Talent)을 잃지 않고 감당해나갈 수 있도록 지지해주며 도와주고 싶을 뿐이다. 잔소리하거나 혼을 내서 지형이의 생각과 의견을 막지 않도록 최대한 '나를 계속 절제하고 인내하자'라고 스스로 다짐해 본다.

모래사장에서 댄스를~

언니, 멋져~화이팅!

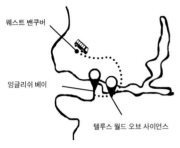

웨스트 밴쿠버

잉글리쉬 베이

텔루스 월드 오브 사이언스

✳ Day17. 지형이라 갔던 곳은?

웨스트 밴쿠버 마린 드라이브(West Vancouver Marine Drive) → 텔루스 월드 오브 사이언스(Telus World of Science) → 잉글리쉬 베이(English Bay)

250번 버스로 다운타운 그랜빌 스트리트(Granville St.) 하차. 그랜빌 역(Granville Station)에서 스카이 트레인 Expo line(킹스 조지Kings George행)으로 환승.

메인 스트리트, 사이언스 월드 역(Main St., Science World Station) 하차. 약 40~45분 소요.

미리 알아본 것은?

✳ 텔루스 월드 오브 사이언스(TELUS World of Science)

5층 높이의 우리나라의 과천 과학관 같은 곳으로, 아이들이 과학 원리를 오감으로 직접 체험할 수 있는 장소. 아이들과 꼭 가봐야 할 곳으로 추천한다!

요금 일반 C$25.00, 청소년 C$20.25, 어린이 C$17.00

교통 스카이 트레인 메인 스트리트 사이언스 월드역, 도보 3분

웹사이트 www.scienceworld.ca

다르게 본 것은?

1. 과천 과학관과 유사하나, 과학 원리를 직접 오감으로 경험하고 느낄 수 있도록 체험형 전시가 주를 이룬다.

2. 물리, 화학, 생물, 자연, 지구과학 다방면의 과학 원리를 즐거운 게임을 통해 배울 수 있도록 전시관이 구성되어 있다.

   - 즐거운 게임을 통해 전파 및 공학 원리 구성(전기공)
   - 낙하산, 프로펠러 그리고 그림자와 관련된 놀이
   - 공을 이용한 게임과 블록 성 쌓기 등의 키즈 플레이 공간
   - 혼동을 주는 다양한 이미지가 포함된 퍼즐과 착시 효과 디스플레이
   - 유레카 섹션에서는 여러 실험에 참여

▲ 스카이 트레인을 타고 사이언스 월드에 도착했어요

▲ 공이 낙하하길 기다려요

▲ 케바(KEVA)로 블록 성 쌓기

▲ 신비한 마술 공 같아요(플라즈마 공 Plasma Ball)

2017 년 8 월 8 일 화 요일 | 오늘 날씨 ☀ ⛅ ☁ ☂ ☾

일어난 시각 8 시 00 분 | 잠자는 시각 11 시 25 분

DAY 18 나나이모 손해치기(소매치기)

1. 나는 배 페리(Ferry)를 타고 나나이모에 갔다.

  나는 게잡이 구경을 갔다.

2. 게잡이를 하는 아저씨들이 게를 만져 볼 수 있게 해줬다.

  그리고 흑고니에게 밥을 주었다.

  그런데 카메라를 잃어버렸다.

  손해치기※를 당했다…. 흑흑

  속상했다. ㅠㅠ

──────────

※ 지형이의 '손해치기'는 소매치기의 의미와 같다: 남의 몸이나 가방을 슬쩍 뒤져 금품을 훔치는 것

또는 사람

▲ BC 페리를 타고 나나이모로 출발

▲ 게잡이 트랩은 C$15, 생닭과 같은 미끼 구입도 필요

▲ 흑고니야, 많이 먹어

▲ 게잡이 중인 현지인 아저씨 일행

소매치기, 무섭고 놀라운 일도 일어난다

2017년 8월 8일

밴쿠버에서 BC 페리도 타고 크랩(게) 낚시 체험도 할 수 있다는 일석이조의 장소, 나나이모에 가기로 했다. 나나이모 다운타운은 작아서 도보로 다닐 수 있고, 안 가면 후회한다는 여행책 추천 장소이기도 했다.

BC 페리에서는 뿌연 스모그로 인해 아쉽게도 주변 섬들이 잘 보이지는 않았다. 지형이는 요가 자세를 취하며 바람을 맞아 보더니, 여름에도 바닷바람이 쌀쌀하다고 했다. 실내 레스토랑으로 이동해서 따뜻한 커피와 코코아를 마시며 끝말잇기 게임을 하다 보니 어느새 도착했다. 아이들은 크랩 낚시면허증이 무료이지만 사전에 준비하지 못한 탓에 낚시를 포기하고, 게가 잘 잡힌다는 부둣가를 찾아가서 구경하기로 했다. 현지 아저씨 3명이 낚시를 하는 근처를 배회하다가, 한 번 체험해 보고자 부탁을 했다. 부둣가를 나오며 흑고니를 만나 과자 부스러기를 주고 나오는데, 지형이가 갑자기 "엄마, 카메라가 없어" 하고 소리쳤다. "잘 찾아 봐" 처음에는 어디에 있는지 찾지 못하는 줄 알았다. 그런데 정말 없었다.

오늘 최악의 실수는 현지 아저씨들을 믿었던 것과 흑고니에게 먹이를 주느라 정신이 팔렸던 것이다. 흑고니에게 먹이를 주는 동안 현지 아저씨들이 계속 지형이를 지켜보고 있었는데, 그냥 귀여워서 보는 줄로만 알았다. 그런데 아이가 흑고니에게 집중한 그때 소매치기를 당한 것이다. 심증은 있으나 물증은 없었다. 카메라를 잃어버린 것이 너무 짜증이 나서, 지형이와 둘이 발만 동동 굴렀다. 나나이모 경찰서를 찾아가면, 마지막 페리를 놓칠 것 같았다. 그래서 어쩔 수 없이 섬에서 떠나야 했다. 아혹, 나나이모. 나나이모는 싫었던 장소로 기억될 것 같다. 아침부터 버스를 놓치는 바람에 무리해서 택시까지 타고 힘들게 왔는데 배신당한 느낌이었다.

홀슈베이
페리 터미널

웨스트 밴쿠버

나나이모

✳ Day18. 지형이라 갔던 곳은?

웨스트 밴쿠버 마린 드라이브(West Vancouver Marine Drive) →
홀슈베이 페리 터미널(Horseshoe Bay Ferry Terminal) →
나나이모(Nanaimo)

257번 Express 버스를 타고 '홀슈베이 선착장(Horseshoe Bay
Ferry Terminal)' 도착.

버스로는 약 30~40분 소요, 택시로 15분

미리 알아본 것은?

✳ 나나이모(Nanaimo)

밴쿠버에서 조지아 해협(Strait of Georgia) 건너편(50㎞)에 위치. 밴쿠버 섬에서 빅토리아
다음으로 두 번째로 큰 도시. 다운타운은 작지만, 아이들과 걷기에는 무리가 되니, 차렌
터카나 택시 이용이 필요하다. 시내버스 2번은 18:45까지는 30분에 1대꼴로 운영하나,
그 이후에는 1시간에 1대꼴이라 시간 파악을 하는 게 좋다.

교통 밴쿠버에서 페리 이용 시 남쪽 츠왓슨 페리 터미널(Tsawwassen Ferry Terminal)과
　　　북쪽 홀슈베이(Horseshoe Bay)에서 출발. 홀슈베이 쪽 거리가 더 짧아 인기 노선.

요금 12세 이상 C$17.2, 5~12세 미만 C$8.6

BC 페리 웹 사이트 www.bcferries.com

❋ 여름철 인기, 밴쿠버에서 게잡이 낚시(Crabbing) 하기

1. 사전 준비물은 '낚시면허증(Tidal waters sports fishing licence)'이다. 낚시면허는 낚시용품 전문점이나 보트대여점에서 구입할 수 있으며 온라인 신청도 가능.

   - 웹사이트 http://www.pac.dfo-mpo.gc.ca/fm-gp/rec/licence-permis/application-eng.html
   - 비용 BC주 거주 성인(16~64세) 연 C$22.05, 비거주자 C$106.5

     16세 미만 무료(무료 면허를 사전에 받아야 함)

2. 게잡이는 게잡이 틀에 미끼를 넣어 물 속에 10~15분 넣었다가 꺼내면 손쉽게 게를 건져 올릴 수 있다고 한다. 인기 미끼는 닭의 목이나 등뼈 부분, 생선 머리 등으로 인근 마트에서 사전에 구입해서 가는 게 좋다.[*]

3. BC주의 낚시 법규는 까다로워, 낚시터마다 어종과 어획량 기준이 다르다. 캐나다 연방 해양수산부가 매년 단속하고 있다고 하니, 가까운 지역에서 쉽게 낚시할 수 있다고 해서 무턱대고 덤벼들었다간 곤욕을 치를 수 있다. 잡을 수 있는 종류와 수, 크기 제한 규정에 대한 사전 숙지가 필요하다.

   [규정][**]

   ① 종류: 2종(던저니스 크랩Dungeness Crab과 레드 록 크랩Red Rock Crab)

   ② 마리수 제한: 일일 제한(Daily limit)은 2종류 합쳐 4마리

   ③ 소유 제한(Possession limit): 3일간 매일 잡아도 8마리까지만 가능

   ④ 크기 제한: 등딱지(Carapace)의 가장 긴 부분 길이가 던저니스는 최소한 165mm, 레드 록은 115mm 이상. 집으로 돌아갈 때까지 등껍질을 벗기지 않은 채로 보관해야 한다고 한다.

   ⑤ 암수에 따른 제한은 없으나, 배 부위가 넓은 암컷은 개체 보호를 위해 가능하면 잡지 않도록 권장하고 있다고 한다.

   ⑥ 최근 개체 수 감소와 환경오염으로 인해 해양 생물 보호 목적으로 어획 금지 지역이 확대되고 있다고 하니, 유의해야 한다.

---

* 출처: www.vanchosun.com/news/main/frame.php?main=1&boardId=17&sbdtype=&bdId=19484

** 출처: http://victoday.ca/?p=2715

DAY 19 경찰서에 가다

1. 캐나다 경찰서에 갔다.

  '진짜 경찰을 볼 수 있을 거야'라고 기대했지만, 볼 수 없었다.

  엄마는 경찰서 입구에서 마이크에 대고 설명만 했다.

2. 공원에서 또 놀았지만, 기분이 슬펐다.

사건 번호 25884

2017년 8월 9일

카메라 도난 신고를 위해 지형이와 함께 웨스트 밴쿠버 경찰서에 갔다. 경찰서 앞 안내데스크(Info desk) 앞에는 유리벽이 있어서 마이크로 대화를 해야 했다. 마이크 앞에 섰다. 잘못한 것도 없는데, 취조받는 기분이라 분위기에 압도되어 떨렸다.

'나나이모에 놀러 갔다가, 크랩 낚시터에서 카메라를 소매치기(Pickpocket) 당해서 왔다. 마지막 페리를 타고 오다가 없어진 사실을 알았다.' 주저리주저리 얘기하고 있는데, '폴리스 리포트 작성하러 왔습니까? 내선 번호 3005로 전화하세요'라는 간결한 안내가 나왔다.

'언제, 어디서 본 게 마지막이었습니까? 나나이모에서 본 게 마지막이면, 나나이모 경찰서로 전화해서 폴리스 리포트를 받아야 합니다'라며 경찰 담당자는 넘겨 버린다. 일단 경찰서를 빠져나와 공원 쪽으로 걸어갔다. 지형이도 카메라를 잃어버린 속상함을 공원에서 놀면서 훌훌 털어버리기를 바랐다.

지형이에게 공원 놀이터에서 놀라고 한 뒤, 다시 나나이모 경찰서로 전화를 걸었다. 한국어가 아닌 영어라 답답하고, 해외 로밍폰으로 어렵게 전화를 했는데, 안내원이 또 기다리라고 한다. 그리고 또 다른 경찰을 연결해주고 또 설명하고⋯. 그러다가 결국 뚝 끊기는 전화에 혈압이 상승했다. 전화에 매달린 지 거의 1시간이 지나서야 리포트를 작성했는데, 배치 번호(File Number) 25884만 주면서 보험회사에 전달하면 된다고 했다. 보험사에서 알 길이 있을까? 진땀을 빼며 전화를 끝내고 마음속으로 의심만 가득한 상태에서 넋이 나간 채로 공원에 앉아 있었다.

"엄마, 전화 끝났어?"

"응, 잘 끝났어. 다 해결되었어. 괜찮아" 지형이는 안심이 된 듯해 보인다. 엄마의 기분도 배려해 주는 딸에게 고마웠다.

그러다가 공원 주변에서 드로잉 여름 캠프(Drawing summer camp) 학생들이 선생님과 함께 풍경화를 그리는 모습을 보게 되었다. 자유로운 분위기에서 서로 대화하며 소통하는 그리기 수업 방식이 눈에 띄었다. 지형이가 다니는 미술학원에서도 저렇게 자유롭게 소통하는 현장 수업의 기회가 많았으면 좋겠다.

▲ 속상한 마음이었을까? 잠시 혼자 놀이터에서

▲ 야외에서 풍경화를 그리는 드로잉 수업 학생들

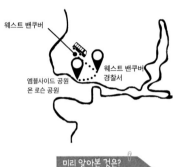

☀ **Day19. 지형이라 갔던 곳은?**

웨스트 밴쿠버 마린 드라이브(West Vancouver Marine Drive) →
웨스트 밴쿠버 경찰서(West Vancouver Police Department) → 앰
블사이드 공원(Ambleside Park)

250번 버스, 약 20분 소요

미리 알아본 것은?

☀ **해외에서 소지품을 분실했을 때**

해외여행자 보험은 특히 장기 여행 시 꼭 가입해두는 게 좋다.
갑자기 발생한 휴대폰이나 카메라 도난 분실의 경우, 보험사와
보험료마다 차이가 있으니, 보상 범위를 확인하고 가입하는 게
좋겠다. 나의 경우, 최대 20만 원 보상을 받을 수 있었다. 이를
위해 제출해야 하는 서류 중, 현지 경찰서에서 도난사실확인서
를 받으라는 내용이 있으니, 반드시 분실했던 장소의 경찰서에
서 받는 것이 좋다. 캐나다에서는 폴리스 리포트(Police Report)
라고 해서 파일 배치 번호(File Batch Number)를 보험사에 전달
하면 된다고 안내한다.

어려운 경우, 목격자 확인서가 있으면 대체 가능해 보이긴 한
다. 단, 목격자가 꼭 있어야 한다.

현지 분실 시, 먼저 분실 장소 근처 경찰서에서 폴리스 리포트
(police report) 파일 번호를 받는다. 서류 형태가 아닌 배치 번
호를 부여해준다. 한국에 돌아가서, 증거로 배치 번호를 제시
했다. 그러나 목격자 확인서를 제출해야 했다. 이 외에도 제품
의 구매 영수증이나 가격 정보나 시리얼(Serial) 정보를 알아 두
는 게 좋다. 한국에 돌아가서 필요 서류들을 작성해서 다 제출
하면 신청이 완료된다.

▲ 놀이터에서 혼자 거닐고 싶다

2부_본격 한 달 살기, 해봐야 하는 것, 가봐야 아는 곳 127

DAY 20 딥 코브 바닷가

1. 버스를 타고 딥 코브 해변에 가서 게도 보고
아이스크림도 먹었다.

2. 그리고 해변에서 따개비도 만져보고 많은 경험을 하고 숙소로 갔다.
같이 간 친구는 게에게 손가락을 물려서 따끔했을 것 같다.

1

2

◀ 요가 레슨 중인 동네 주민들

◀ 역시 놀이터가 제일 좋아

◀ 벤치에서 앉아서 본 딥 코브 해변

나만 찾아가고 싶은 장소, 딥 코브

2017년 8월 10일

딥 코브 공원은 숙소에서 멀지만, 꼭 와보고 싶었던 곳이다.
눈앞에 펼쳐진 울창한 숲의 나무와 요트가 가득한 바닷가. 이곳은 세상의 시끄러운 그 어떤 소음의 방해도 없이 야외에서 부드러운 음악과 함께 요가 클래스 레슨을 받거나, 카약을 즐기거나, 낚시를 하거나, 사색을 하거나, 자연을 오롯이 즐기고 있는 사람들뿐이다. 대화재의 영향으로 밴쿠버의 하늘이 뿌옇지 않았더라면, 하늘의 구름마저 물속에 그대로 비칠 것 같은 이곳은 몰래 숨겨두었다가 알렌과 지형이와 다시 찾아가고 싶다는 욕심이 들 정도로 아름다웠다.
카약킹을 하기엔 지형이가 아직 어린 나이라 하지 못했지만, 어디나 놀이터가 있으면 신이 난다. 아이들이 놀기에도 적당한 놀이터도 있어서 감사했다. 씩씩하게 해변으로 걸어간 지형이는 꽃게에게 물릴까 봐 무서운지 바닷물에 발만 조금 담그고 만다. 작은 게라 물려도 안 아플 것 같은데도, 손가락을 물린 친구를 많이 걱정해 준다.
서늘한 바람이 지나가는 벤치 위에 누워서 존재함에 감사하는 시간을 가져본다. 아, 좋다.

웨스트 밴쿠버
딥 코브
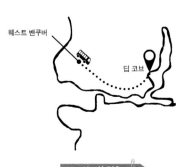

✳ Day20. 지형이랑 갔던 곳은?

웨스트 밴쿠버 마린 드라이브(West Vancouver Marine Drive) →
딥 코브(Deep Cove)

다운타운에서 차로는 20~30분 정도 소요. 253번(캐필라노 대학
행) 버스를 타고 핍스 베이2(Phibbs Exchange Bay2)에서 212번
버스로 환승. 1시간 30분 정도 소요.

미리 알아본 것은?

✳ 딥 코브 공원(Deep Cove Park)

밴쿠버 북부의 산과 공원 중 가족 여행을 즐기기 위해 으뜸인
장소. 카약 체험과 딥 코브의 명물 중 하나인 허니 도넛을 맛보
길 추천한다.

주소 2200 Panorama Dr., North Vancouver, BC V7G 1N5
요금 무료
교통 다운타운 팬더 스트리트(Pender St.) 버스 208번을 타고,
　　 핍스 베이2(Phibbs Exchange Bay2) 버스 212번, 211번
웹사이트 www.deepcovebc.com

▲ 카약킹을 해볼 수 있는 딥 코브 공원

2017 년 8 월 11 일 금 요일	오늘 날씨 ☀ ⛅ ☁ ☂ ☃
일어난 시각 9 시 00 분	잠자는 시각 11 시 25 분

DAY 21 다운타운에서 하나 언니와 논 날

1. 엄마와 다운타운에 커피를 마시러 갔다.

   난 팀 호튼 도너츠~

   그리고 인경 이모 집에 가서, 하나 언니와 놀았다.

2. 포켓몬 카드 배틀을 했다.

   서로 가지려고 눈치 싸움을 했다.

▲ 배가 고팠는데 이제 살 것 같아요

▲ 우연히 다운타운에서 만난 인경 언니와 다정하게 한 컷

▲ 웨스트 밴쿠버 매더스 에비뉴(Mathers Ave.) 3주 동안 우리가 함께 지낸 숙소

다운타운 쇼핑

2017년 8월 11일

이제 밴쿠버의 여정이 마무리되어 가고 있다. 내일 남편 알렌이 밴쿠버로 오는 날이다. 로키로 떠나기 전, 밴쿠버 시내에서만 구입 가능한 선물들을 준비하러 다운타운으로 가기로 했다. 쇼핑을 싫어하는 남편이 오면, 마음 놓고 선물을 사는 것은 불가능할 것 같다는 생각도 있었다.

특히 팀 호튼 프렌치 바닐라 커피(Tim Hortons french vanilla coffee)를 한국 사람들이 많이 사간다고 해서 구입하려고 나섰다. 다운타운의 그랜빌 스트리트(Granville St.)와 롭슨(Robson St.) 등 지도를 찾아보면서 중심가의 지점들을 다 들러 보았지만, 재고가 2개이거나 아예 판매하지 않았다. 길도 모르는데 지형이는 배가 고프다고 짜증을 냈다. 지형이를 달래가며 마지막으로 가보기로 한 혼비 스트리트(Hornby St.) 매장에서 원하던 커피를 살 수 있었다. 매장은 넓고 쾌적했고, 지형이는 도너츠와 우유를 먹으며 흡족해했다. 그런데 마침 그 길을 지나고 있던 인경 언니를 만나는 기쁨까지 하나 더 추가되었다. 우연히 지나가다 만나는 게 다운타운의 매력인 것 같다. 그리고 지형이는 하나 언니와 놀 기회를 가지게 되었다. 하나의 다양한 포켓몬 북이 유난히 부러운가 보다.

금요일 교통 체증이 심해져 만원 버스로 돌아오는 길은 덥고 지쳤지만, 3주 동안 머문 숙소와 해변 놀이터에 도착하니 편안한 기분이 들었다. 이제 8월 13일이면, 우리는 정든 웨스트 밴쿠버의 숙소와 이별을 고하고 세 가족이 여행을 시작하게 된다.

다른 세상 만나기

2017 년 8 월 12 일 **토** 요일	오늘 날씨 ☀ ⛅ ☁ ☂ ☃
일어난 시각 **9** 시 **00** 분	잠자는 시각 **11** 시 **25** 분

DAY 22 아빠가 왔다

1. 강아지 '이백이'와 '뿌꾸'와 같이 피크닉을 했다.

   '뿌꾸, 5살, 여자'

   '이백이, 10개월, 남자'

   이백이는 작아서 아주 무섭지는 않았고, 순해서 아주 귀여웠다.

2. 놀이터에서 신나게 놀고 있는데, 갑자기 누군가 뒤에서 내 눈을 가렸다.

   아빠였다. 나는 알고 있었다.

   오늘 아빠가 대한민국에서 캐나다까지 비행기를 타고 왔다.

   엄마한테 '아빠는 언제 와?' 계속 계속 확인했었다.

   8월 12일 아빠가 온 날!

가족이 뭉쳤다

2017년 8월 12일

▲도착장에서 들어서고 있는 알렌

미세먼지가 걷히고, 쾌청한 하늘의 토요일이다. 지형이는 인경 언니 가족과 던다레이브 공원(Dundarave Park) 해변에서 강아지 '뿌꾸'와 '이백이'와 놀고 있는 사이에, 나는 혼자 공항으로 알렌을 마중 나가기로 했다. 이런 해외 공항에서 만나는 것은 처음이라 설레었다. 알렌이 도착해서, 입국 심사와 짐 찾기를 마친 뒤 오후 1시 30분에 만났다. 공항의 도착 층은 반가움에 들떠 있는 사람들로 가득하다. 외국 사람들(Western people)의 반가움의 표현이 키스와 허그라면, 동양 스타일(Asian Style)은 쑥스러운 듯

손만 지그시 잡아주는 절제의 반가움인 듯하다. 나도 쑥스러운 나머지 어깨동무로 슬쩍 반겨주고, 알렌은 "어, 나 화장실 좀…" 하며 화장실로 직행한다. 돌아오는 동안 이제까지의 일들을 소상히 알려준다고 한참 수다를 떨었다. 지형이도 아빠가 있어서일까, 더욱 애교를 떤다. 애완견을 귀여워하면서도 무서워하지만, 오늘만은 강아지 뿌구와 이백이를 쓰다듬어 주기도 하고, 예뻐해 주기도 했다. 이제 지형 아빠, 남편 알렌이 와서, 가족 완전체가 되었다. 남편 알렌은 현재 44세, 여행을 올 때 즈음 대기업에서 퇴사하고, 자신만의 사업을 막 시작했다. 남편은 몇 년 전부터 말해 왔던 생각을 실행에 옮겼다. 복잡한 상황 탓일까, 남편은 여행에 대해 전혀 힐링과 치유를 느끼지 못한다고 말했다. 여행을 즐기고 좋아하는 나와 여행을 '사치'라고 생각하는 알렌은 인생에 대한 가치관의 합의가 어려운 부분이 있다. 그러나 이번에는 전혀 다른 환경에서 세 가족이 여행하는 시간이 가치 있음을 계속 설득한 끝에, 캐나다 한 달살이 중 열흘만 합류하기로 결정했다. 나와 알렌의 여행에 대한 생각의 차이를 좁히고 서로 이해하는 순간이 오기를 바란다.

뿌꾸
5살

이백

▲ 뿌꾸

▲ 이백이

DAY 23 미국을 봤다

1. 리치몬드 어시장에 갔다.

2. 바다 건너는 바로 미국이라고 했다.

   캐나다는 영국 엘리자베스 여왕이, 미국은 트럼프 대통령이 마주 보고 있다.

   시장에서 아저씨들이 '사시미'라고 소리쳤다.

   엄청 큰 물고기들이 많이 있었다.

   그리고 어시장 박물관에서는 연어 캔 공장을 구경했다.

   그리고 리치몬드 공항 근처 공원에서 놀았다.

엘리자
베스
여왕

트럼프
대통령

▲ 바다 건너 미국 국경이 보여요

▲ 언제나 아이스크림은 맛나요　　　　▲ 통조림 공장에서 연어를 낚아 올려요

캐나다에서 바라본 미국 국경선

2017년 8월 13일

인경 언니 덕분에 우리 셋은 밴쿠버에서 유명하다는 딤섬 레스토랑 '웨스턴 레이크(Western Lake)'와 '리치몬드 스티브스턴(Richmond Steveston)'에 갈 수 있었다. 유명한 맛집인지 대기 줄이 길었지만, 사전 예약을 해서 거의 바로 앉을 수 있었다. 새우살, 가지 딤섬, 고기 완자 딤섬 등등 머스터드와 핫소스를 섞어 놓은 딥핑 소스에 찍어 먹었던 그 맛은 지금 생각해도 군침이 돈다. 인경 언니가 아니었으면 먹어 보긴 어려웠을 것이다. 공항 근처 '리치몬드 스티브스턴(Richmond Steveston) 어시장'에서는 바다 저편으로 미국이 보인다고 한다. 여행의 마지막 2박 3일은 시애틀을 갈 예정이라, 더 유심히 보게 된다. 거기에서 지형이는 "엄마, 캐나다 대통령은 누구야?"라고 묻는다.

"캐나다는 수상이 있어서, 영국의 엘리자베스 2세가 통치하고 있는 나라야"라고 설명해줬더니, 지형이는 여왕과 트럼프 대통령이 마주 보고 있는 그림을 일기에 그렸다. 어른의 눈으로는 전혀 상상되지 않는 그림에 나와 알렌은 함께 웃음 지었다.

스티브스턴 박물관 옆으로 통조림 가공 공장 박물관을 체험하면서 영어가 더 편한 하나 언니지만, 지형이는 같이 스스럼없이 대화하며, 정이 든 것 같다. '외동딸'이라는 공통분모 속에서 서로 웃고 마음을 나누는 모습을 보니, 밴쿠버에서 한 달살이의 끝 무렵에 뜻밖의 선물을 받은 것 같다.

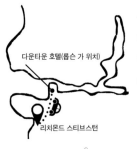

다운타운 호텔(롭슨 가 위치)

리치몬드 스티브스턴

※ **Day 23. 지형이라 갔던 곳은?**

다운타운 롭슨 스트리트(Downtown Robson St.) →
리치몬드 스티브스턴(Richmond Steveston)
차로 이동, 30분 소요.

미리 알아본 것은?

※ **리치몬드 스티브스턴(Richmond Steveston) 어시장**

리치몬드 남서쪽 지역의 어촌 마을. 갓 잡아 올린 싱싱한 생선
들을 직거래하는 곳. 스티브스턴 박물관과 통조림 공장 박물
관 구경은 서비스. 해산물 피자가 맛있는 스티브스턴 피자 컴
퍼니(Steveston Pizza Company)는 유명 맛집.

교통 다운타운의 밴쿠버 시티센터(Vancouver City Centre)역에서 캐
나다 라인(Canada line)을 타고, 리치몬드 브릿지하우스(Rich-
mond Bridgehouse)역에서 내려 버스 407번, 402번 버스 이용.

웹사이트 www.tourismrichmond.com

※ **조지아 통조림 가공 공장 박물관**
　 (Gulf of Geogia Cannery National Historic Site)

스티브스턴 박물관 바로 옆에 위치. 연어를 낚시하여 손질하
여, 통조림이나 훈제 연어와 같이 각종 가공식품을 만들어내
는 과정을 재현해 놓아, 가공 과정을 한눈에 볼 수 있다.

운영시간 10:00~17:00

요금 일반 C$7.8, 아동 무료(특별 시즌 시, 입장료 무료)

웹사이트 http://gulfofgeorgiacannery.org/

2017 년 8 월 14 일 월 요일	오늘 날씨 ☀ 🌤 ☁ ☂ ☃
일어난 시각 7 시 00 분	잠자는 시각 11 시 30 분

DAY 24 캐나다 로키를 가다

1. 엄마, 아빠와 같이 로키로 갔다.

   3박 4일 여행이었다.

   10시간 버스를 탔는데도, 아직 로키가 아니라고 한다.

2. 뱀마운트에 가다가 곰을 만날 수 있다고 했다.

   '앗, 곰이다! 가짜 곰이었다….'

   숙소에 도착했다.

   오늘은 버스에 오래 앉아 있었다.

1

밸마운트^(VALEMOUNT)에갔다.

(호프를 지나왔다.) (조키노출발

2

▲ 희망을 가지고 호프(Hope)를 지나 로키로 향해 간다

완전체 여행 출발!

2017년 8월 14일

아침 8시부터 10시간 달려왔는데도 아직 로키 북쪽 관문 앞이다.

"엄마, 언제 로키에 도착해?"

"아직 좀 더 가야 해. 조금만 참자."

아직도 도착하려면 한참 남았지만, 계속 거짓말 중이다. 알렌은 시차 때문에 계속 수면 중이다. 지형이는 지친 기색은 있으나, 잘 참아 내는 게 신통방통하다. 버스 여행이 무리가 되지 않을까 걱정이었지만, 일행 그룹에 또래가 한두 명 정도 있어서 다행이었다. 중간에 정차한 호프(Hope)는 단어의 뜻처럼 희망의 도시 같은 맑고 쾌청한 하늘을 선보였다. 그리고 감동의 파란 하늘과 함께 '하나님의 조각품'이라고 하는 캐나다 로키가 눈앞에 펼쳐지고 있었다. 설레임도 잠시, 지형이가 캠롭스로 가기 전 갑자기 볼일을 참을 수 없는 듯 "엄마, 여벌 바지 가져왔지?" 하고 묻는다. 헉! "아저씨, 꼬마가 화장실이 급하다고 하는데, 잠시 세워 주실 수 있으실까요?" 가이드 아저씨가 단체 여행 중이기에 여러 사람을 배려해서 화장실을 가는 정류장에서만 급한 용무를 해결해달라고 말한 직후라 난감했지만, 아이의 표정이 참을 수 없는 것 같았다. 메릿(Merritt)이라는 곳에 예정 없이 정차해서 급한 용무를 해결했지만, 죄송하고 감사함을 표현해줘야 하는 패키지의 현실을 실감했다. 드디어 밸마운트(Valemount)에 있는 '로키 인(Rocky Inn)'에 도착했다. 한여름인데도 로키에서 불어오는 쌀쌀한 공기에 지형이의 입에서 입김이 나왔다. 한국인 주인의 낡은 숙소는 집밥처럼 푸짐한 식사로 로키에 온 단체 관광객을 맞이해주었다. 하루 종일 버스로 달려와 힘들었는지 지형이도 한 그릇을 뚝딱 비웠다.

피곤했지만 서로 배려하고 참는 법을 배운 오늘. 완전체가 된 우리 가족 첫 여행의 시작이라는 점에서 터닝포인트와 같은 중요한 하루였다.

※ Day24. 지형이랑 갔던 곳은?

밴쿠버(Vancouver) → 호프(Hope)(157㎞) → 캠룹스(Kamloops) (200㎞) → 웰스그레이주립공원(Wells Gray Provincial Park)(127 ㎞) → 밸마운트(Valemount)(169㎞): 밴쿠버에서 밸마운트까지 총 거리 655㎞

미리 알아본 것은?

※ 캐나다 로키 여행 기획

1단계: 렌트 vs. 현지 투어 패키지 선택(첫 여행, 운전자의 피로도, 유류비 등 경비 비교해서 우선 결정 필요)

2단계: 현지 투어(한인 vs. 외국인 여행사 비교)

3단계: 한인 여행사 비교(한인 여행사 공통점/차이점 비교, 관광 의무 쇼핑 미포함 지향, 숙소상태 등 비교)

4단계: 여행사 선정(본인의 선호와 기준에 맞게 선택, 가격 조율) 외국인 여행사는 단순히 투어만 포함하여, 투어, 식사, 숙박을 모두 포함하는 한국 여행사보다 비용이 상대적으로 저렴하다. 여행사별 코스는 거의 동일하나, 진입 경로 차이가 있어, 여행 루트를 참고해서 선택하면 된다.

- 옵션 1. 재스퍼 국립공원 쪽(밸마운트 Valemount) 북쪽 입구로 가는 루트
- 옵션 2. 로키의 남쪽 관문인 레벨스톡(Revelstoke)으로 들어가는 루트
- 옵션 3. 캘거리에서 밴프로 들어가는 루트

우리는 옵션 1. 북쪽 관문으로 들어가기로 했다.

첫날 대부분은 버스에서 시간을 보내므로, 목베개와 편한 복장이 필수

패키지 투어에서 큰 가방은 버스에 싣고 다녀서 중간에 꺼낼 수가 없으므로, 필수 짐은 반

드시 버스 안에 가지고 타야 한다.

- 허기를 달래기 위한 간단 비상식량(소시지, 버스 운전기사 아저씨가 싫어하시므로 가루가 떨어

  지지 않는 과자류, 물)은 꼭 챙기는 게 좋다.

- 로키로 들어서면 추워지므로, 든든한 외투도 챙겨야 한다.

▲ 캐나다 플레이스(Canada Place)에서 8시 출발 전, 캐나다 건국 150주년 기념비 앞

2017 년 8 월 15 일 화 요일	오늘 날씨 ☀ 🌤 ☁ 🌧 💧
일어난 시각 6 시 00 분	잠자는 시각 11 시 30 분

DAY 25 내가 반해 버린 재스퍼

1. 재스퍼 국립 공원에서 보고 싶었던 엘크를 봤다.

   아싸바스카 빙하에서 설상차를 타고 직접 빙하를 봤다.

   바람 때문에 몸이 날아갈 것 같았다.

   빙하수를 마실 수는 없었지만, 손으로 만져보니 신기했다.

2. 버스로 계속 달리고 또 달렸다.

   그리고 엄마가 가고 싶어 했던 에메랄드빛 페이토 호수는 정말

   멋있었다.

1

2

▲ 설상차를 타고 드디어 빙하로 간다

▲ 엄마, 엘크예요 (엄마) 사슴 아니야?

◀ 아싸바스카 빙하를 밟다!

일생 일대의 빙하 체험

2017년 8월 15일

새벽 6시부터 일어난 지형이는 피곤하지도 않은지 계속 창밖을 바라보고 있었다.

"엘크다! 엄마, 로키에서 엘크를 봤으니까, 다음엔 꼭 곰을 볼 수 있을 거야." 사슴 무리를 만나면서, 지형이는 곰과의 만남을 기다리고 있다. 그리고 우리는 잠시 깊은 잠에 빠져들었다.

인생에서 한 번은 느껴 보기를 소원했던 아싸바스카 빙하는 인생 여행 중 하나로 기억에 남을 것 같다. 북극에 가지 않고도 4번의 빙하기를 거쳐 만년이 된 빙하를 직접 밟아본다는 게 가능한 일이란 말인가? 몸을 날려버릴 만큼 매서운 바람이 불었다. 석회질이 많아 마실 수는 없었지만 차가운 빙하수에 손도 담가 보았다. 알렌은 여행 전의 망설임과 복잡한 생각들도 바람이 씻어낸 듯 탁 트인 빙산을 향해 두 팔을 벌렸다. 그리고 만년 넘는 세월 동안 같은 자리에서 묵묵히 견뎌내고 있는 위대한 자연 앞에서, 사람은 얼마나 작은 존재인지를 느끼게 되는 것 같다고 말해주었다. 그런 느낌을 같이 공유할 수 있어 행복했다.

설상차를 타고 빙하를 밟아보는 것은 오롯이 현재의 감동에 충실케 했고, 인생 컷 한 장도 추가해 주었다. 그리고 지형이와 언젠가 북극 빙하도 밟아볼 수 있을까 하고 상상해보기도 했다.

현지 투어의 단점이면서도 장점인 듯, 여행 일정은 숨 가쁘게 지나갔다. 들르는 장소마다 새롭고 연이은 감동에 말을 잊고 만다. 첫째 날은 버스에서 하루를 보낸 느낌이라면, 둘째 날은 로키의 품에 안긴 날이라 해도 과언이 아닐 정도로 장엄한 자연의 위대함을 느낀 하루였다.

▲ 페이토 호수, '호수의 기운이여 나에게 오라'

▲ 보우 호수, 뿌연 하늘이 아쉬워

▲ 레이크 루이스, 엄마 산

▲ 레이크 루이스, 딸 호수

호수의 파노라마에 넋을 놓다

2017년 8월 15일

페이토 호수(Peyto Lake)는 원래 패키지 여행지에는 포함되지 않았지만, 현지 가이드께 간곡히 부탁했다. 이 구간을 지나갈 가능성이 있다는 것이 현지 투어 여행사를 선택하게 된 이유 중 하나이기도 했다. 아쿠아블루 물감을 섞어 놓은 듯 신비로운 에메랄드 물빛에 이곳을 찾아오는 것 같다.

보우 호수(Bow Lake)는 인디언의 활이라는 말에서 나왔다고 한다. 멋진 엽서에서 본 사진과 같은 물빛을 담아낼 수는 없었지만, 주변에 아무것도 없이 호수와 멋진 경치만이 있을 뿐인데도 시간이 더 허락된다면 주변을 더 거닐어 보고 싶은 호수였다.

레이크 루이스(Lake Louise)는 오후 늦게 깔린 구름과 화재 스모그의 영향으로 에메랄드빛 호수를 보기는 어려웠다. 페어몬트 샤또 레이크 루이스 호텔 앞 정원 산책로를 따라 호수를 걸으며, 유키 구라모토(Yuhki Kuramoto)의 '레이크 루이스(Lake Louise)' 음악을 셋이 같이 감상했다. 지형이는 '엄마 산, 딸 호수'를 기억하며 엄마 품에 꼭 안겼다. 그렇게 레이크 루이스는 지형이에게 영국 엘리자베스와 루이스 공주에 대한 지적 호기심을 불러일으켜 준 장소이다.

✻ Day25. 로키의 둘째 날 지형이가 갔던 곳은?

롭슨산 → 아싸바스카 폭포(Athabasca falls) → 아싸바스카 빙
하(Athabasca Icefield) → 페이토 호수(Pheyto Lake) → 보우 호
수(Bow Lake) → 레이크 루이스(Lake Louise)

호프

미리 알아본 것은?

✻ 롭슨 마운틴(Robson Mountain)

로키의 최고봉인 롭슨 마운틴(Robson mountain)은 해발 3,954㎞이며, 1년에 300일 이상이
구름에 덮여 어지간한 행운이 아니고서는 산 정상을 볼 수 없는 곳이라고 한다.

✻ 아싸바스카 빙하(Athabasca Glacier)

캐나다 로키의 콜롬비아 아이스필드(Columbia Icefield)의 6가지 주요 발가락 중 하나로, 빙
하는 현재 1년에 약 5미터의 속도로 움푹 들어갔고, 지난 125년 동안 1.5킬로미터(0.93 마일)
이상 물러나서, 절반 이상이 상실되었다고 한다.

빙하 길이는 약 6㎞(3.7 마일)이며, 면적은 6㎢(2.3 sq. mi), 두께는 90-300m(300-980ft) 사이.

✻ 페이토 호수(Peyto Lake)

트랜스 캐나다 하이웨이 정선에서 40㎞, 재스퍼에서 190㎞ 지점. 아이스필드 파크웨이(Ice-
fields Parkway)를 따라 여행하는 여행객들에게 인기. 여름 시즌 내내 빙하 암분(Rock flour:
빙하가 지나가며 만든 쇄설물)이 호수로 흘러 들어가서 석회질의 양이 계절마다 달라, 계절마
다 다른 신비로운 색상을 이룬다고 한다.

✻ 보우 호수(Bow Lake)

레이크 루이스에서 북쪽으로 약 30분 거리에 위치. 아이스필드 파크웨이(Icefields Parkway,
93번 고속도로)와 인접, 크로우풋 빙하(Crowfoot Glacier)에서 북쪽으로 800m가량 떨어져 있
음. 해발 1,920m 고지에 자리한 이 호수는 밴프 국립공원의 호수 가운데 규모가 가장 크다.

✴ 레이크 루이스(Lake Louise)

유네스코가 정한 세계 10대 절경 중 하나로, 그림 같은 호텔 샤또 레이크 루이스(Fairmont Chateau Lake Louise)가 있어, 산책로를 따라 주변의 자연경관을 감상할 수 있다. 호수 가까이로 가서 발을 담가 볼 수도 있다.

'엄마 산, 딸 호수'라고 부르는데, 원래 에메랄드 레이크(Emerald Lake)였으나, 19세기 후반 영국 빅토리아 여왕의 딸 루이스 공주의 방문을 계기로 공주의 이름을 따서 바꿔 부르게 되었기 때문이라고 한다.

▲ 레이크 루이스(Lake Louise)

DAY 26　엄마 산, 딸 호수

1. 오늘은 곤돌라도 타고 리프트도 탔다.

   그리고 내려오다가 곰도 봤다. 정말 신기했다.

2. 나는 마운틴 빅토리아도 보고 레이크 루이스도 봤다.

   멀리에서 보니까 환상이었다.

   엄마인 영국 여왕 빅토리아가 루이스 공주를 품에 안은 것 같아서,

   '엄마 산, 딸 호수'라고 했다.

3. 로키와 헤어지는 마지막 날이었다.

▲ 레이크 루이스 곤돌라 체험(Lake Louise Gondola)

▲모레인 호수(Moraine Lake) 완전체 여행의 마지막 화룡점정!

▲ 다람쥐야, 가지 마

로키의 화룡점정

2017년 8월 16일

로키 여행의 마지막 여정은 밴프 국립 공원이다. 밴프 시내에서 친구들에게 줄 사탕, 초콜릿과 기념품을 사는 지형이의 손이 빠르고 신이 나 있다. 그러나 기념품 매장은 비슷비슷한 것만 보이고, 인상 깊은 선물도 별로 없어서 쇼핑 은 1시간이면 충분했던 것 같다.

휘슬러와 달리 오픈된 레이크 루이스 곤돌라를 타려니 지형이는 잠깐 망설이 다가, '엄마 산, 딸 호수'를 내려다볼 수 있다고 하니 타보기로 하였다. 곤돌라 를 타고 내려오고 있는데, 사람들이 '곰이 있다!'라고 소리쳤다. 지금껏 만나고 싶었으나, 만나지 못했던 '야생곰'을 드디어 볼 수 있었다. 아기곰들이 산에서 막 자란 꽃잎들을 따 먹는 모습을 본 지형이는 "엄마, 봤어, 봤어!"라며 흥분 해 외친다. 지형이에게는 행운의 장소로 기억될 것 같다. 'The last but not the least(마지막이지만, 결코 사소하지 않은)!' 마지막으로 들른 모레인 호수 에 오지 않았다면 얼마나 후회했을까? 물가로 가서 손이라도 담가볼까 했지 만, 눈이 부시도록 투명하고 영롱한 하늘빛에 감히 손을 담그기도 어려울 정 도로 너무 아름다웠다. 같은 장소에서 같은 생각을 하는 듯, 호수를 바라보는 완전체 가족의 눈은 반짝였다. 이렇게 살아가면서 동소동몽(同所同夢)의 순간 이 더 많아질 수 있길 바란다. 호숫가로 가는 길에는 다람쥐들이 많았다. 지형 이는 다람쥐와 얘기를 하고 싶은지 가까이 다가가면 다람쥐는 재빨리 풀숲으 로 달려가고 없다. "엄마, 말해 봐." 뭐라고 얘기해줘야 할지, 잘 생각이 안 날 때도 있다. 그래도 꼭 무슨 말이라도 해주려고 노력한다. "나랑 놀고 싶으면 따라 와." 다람쥐 흉내를 내며 이야기해주었다. 지형이와의 또 다른 의사소통 방식이다. 설악산을 들어가듯 줄을 서서 갈 정도로 인기 있는 곳이기도 했지 만, 로키에서 호수를 추천하라고 한다면, 이곳 '모레인 호수'는 꼭 와봐야 한다 고 말해주고 싶다.

* **Day26. 로키의 셋째 날 지형이와 갔던 곳은?**
투잭 레이크(Two Jack Lake) → 캔모어(Canmore) → 밴프(Banff) → 레이크 루이스 곤돌라(Lake Louise Gondola) → 모레인 호수(Moraine Lake) → 레벨스톡(Revelstoke)

미리 알아본 것은?

* 밴프(Banff)

밴프 시내는 작고, 대부분 기념품 매장과 음식점들이 옹기종기 모여 있어, 걸어서 돌아보기에 좋다. 눈앞에 펼쳐져 있는 우람한 산은 캐스케이드 산(Cascade Mountain)이다. 폭포라고 하기엔 너무 낮지만 보우 폭포는 마릴린 먼로 주연의 영화 '돌아오지 않는 강'의 배경이 된 곳이라고 해서, 많은 사람들이 사진을 찍는 곳이다. 밴프 여행에 중점을 두고 있다면, 밴프에서 1박을 하는 것도 추천한다.

* 레이크 루이스 곤돌라(Lake Louise Gondola)

밴프 국립 공원의 가장 훌륭한 전망 중 하나. 열린 의자 또는 완전히 밀폐된 곤돌라에서 정상까지 14분 소요. 2088m 정상에서 장엄한 풍경을 감상할 수 있다.
운영시간 9~10월초 08:00~17:00, 5~6월 09:00~16:00, 6~7월 08:00~17:30, 8~9월 08:00~18:00
요금 일반 C$35.95, 아동(6-15) $16.95, 4인 가족 C$99.00, 5세 이하 무료
웹사이트 www.lakelouisegondola.com

* 모레인 호수(Moraine Lake)

청록빛 물빛 강가를 따라 울창한 삼림 속을 산보하거나, 바위 위에 올라 아름다운 전망을 감상하는 게 좋다. 유명한 즐길 거리로는 카누, 하이킹, 산책, 사진 촬영 등이 있다. 모레인 레이크 로드는 7월 중순부터 10월 중순까지 개방된다. 7~9월까지는 오전 9시 이전 또는 오후 5시 이후에 도착해야 한다.

▲ 밴프의 명소, 보우 폭포

▲ 레이크 루이스 곤돌라 로지

밴쿠버 여정을 마치고 쉬어가기

2017년 8월 11일

로키 여행에서 돌아온 후, 지형이는 일기도 귀찮고, 그냥 쉬고 싶다고 한다. 그래서 마지막 여정을 앞두고 오늘 하루는 푹 쉬기로 했다.

숙소에서 늘어져 쉬고 있다가, 문득 떠오른 생각을 지형이에게 물어보았다.

"지형이가 외국인이라면, 어떤 것을 하고 싶어?"

"외국 친구들과 외국의 학교 다녀보기."

역시 친구를 제일 좋아하는 초등학생 지형이다.

"그리고 또?"

"동네 한 바퀴 산책하기! 동네를 거닐어 보면 시원하고 머리가 맑아지잖아."

지형이의 대답에 오늘의 일정이 정해졌다.

그렇게 우리 셋은 산책을 하다가 우연히 발견한 고든 공원(Gorden Park)에서, 마음껏 공을 던지고 차며 뛰어노는 사람들의 모습을 바라보고 있으니 힐링이 되는 기분이다.

내일이면 또다시 낯선 곳으로 여행을 떠난다. 밴쿠버와 가장 가까운 도시인 미국 시애틀이다. 미국에 간다는 것만으로도 지형이는 잔뜩 들떠 있다. 이렇게 가까운 캐나다와 미국이 어떻게 다를지 궁금하고 기대가 되는 모양이다. 시애틀 여행에서도 지형이가 많은 것을 보고 경험했으면 좋겠다.

▲ 현지인처럼 쉬어보기

▲ 현지인처럼 동네 산책하기

▲ 고든 공원(Gorden Park)

▲ 또 다른 세계로 떠나기 전, 셋이서 함께

DAY 28 미국인이 되어 봄

1. 자동차를 타고 미국 시애틀에 도착했다.

   캐나다-미국 국경을 통과했다.

   시애틀 공원에서 강아지를 만났다. 잔디에 등을 마구 비볐다.

   너무 귀엽고 웃겼다. 시애틀 시내에 가서 관람차와 전망대

   (Space Needle) 앞에서 사진도 찍었다.

   마치 미국인이 되어 본 것 같았다.

1

관람차

Space Needle

스페이스 니들

ㅋㅋ 잔디가
좋아ㅎ 귀여워~

▲ 아빠와 함께(@케리 공원)

▲ 시애틀 대관람차 The Seattle Great Wheel　　　　　▲ 찍어주세요(@케리 공원)

국경을 넘어 미국 땅을 밟아 보다

2017년 8월 18일

미국 시애틀로 렌터카를 이용하여 2박 3일 여행을 떠났다.

알렌의 해외에서 첫 운전. 미국 국경에 오니 간단한 환영 인사만 보인다. 'Welcome to the United States of America' 자동차로 캐나다와 미국 국경을 넘어보는 것도 처음이라 신기한 데다가, 약간의 긴장감도 감돈다. 알렌은 네비게이션을 보고 운전을 하고 있지만, 초행길에 긴장 탓인지 땀이 난다고 한다. 시애틀을 한눈에 볼 수 있는 곳이 있을까 하는 생각에 전망대나 공원을 찾아보다가 '케리 공원(Kerry Park)'에 가게 되었다. 저 멀리 보이는 스페이스 니들 앞에서 아빠와 우스꽝스럽고 다양한 포즈도 취해보고, 자유로이 누워도 본다. 공원에서 산책 중인 강아지는 잔디가 너무 좋은지, 잔디 위를 데굴데굴 구른다. 강아지들을 보며 지형이와 함께 웃었다. 시애틀에 오니 지형이가 "엄마, 미국은 스테이크가 유명하대요. 최고급 스테이크 먹어요"라고 하였다. 여행지의 다양한 음식을 먹고 싶다니 정말 일취월장이다. 첫 저녁은 아메리칸 스테이크를 먹어 보겠다는 집념으로 존 호위 스테이크 하우스(John Howie Steakhouse)에 갔다. 정장과 조리복을 입은 스태프들의 서비스에 청바지를 입고 온 관광객 엄마는 다소 위축되었지만, 지형이는 해맑은 미소를 지으며 당당하게 자리에 앉았다. 겉으로 보이는 모습으로 남을 평가하거나 차별하지 말아야 한다고 늘 말해주었지만, 엄마가 그런 모습을 보이다니 반성해야겠다.

▲ 존 호위 스테이크 하우스

벤쿠버

파스 아치 국경 통과

시애틀 아울렛

시애틀

☀ Day28. 지형이라 갔던 곳은?

밴쿠버 다운타운 → 미국 국경선(Peace Arch) →
시애틀 케리 공원(Kerry Park)

미리 알아본 것은?

☀ 캐나다 밴쿠버 – 미국 시애틀 국경선

워싱턴주에는 4개의 국경선(피스 아치Peace arch, 퍼시픽 하이웨이Pacific Highway, 알데르그루브Aldergrove, 어봇스포드Abbotsford)이 있는데, 피스 아치(Peace Arch)가 I-5를 통해서 바로 넘어갈 수 있기 때문에 가장 많이 이용된다.

☀ 캐나다에서 미국으로 갈 때 지참서류

캐나다에 오기 전 미국 ESTA와 국제 운전 면허증 발급 준비는 필수. 렌터카로 이동하는 경우, 렌탈 동의서(Rental Agreement Number 포함) 관련 서류도 요청할 수 있으니, 지참한다.

☀ 유의사항

농수산물은 지참하지 말 것. 인터뷰나 검문 시 단순 관광이라는 점을 분명히 말해야 한다.

☀ 캐나다 재입국

시여권 및 만약의 경우를 생각해서 항공권 또는 항공일정표를 가져가서 캐나다 이민국 직원 질문 시 밴쿠버 공항을 통해 입국했고 언제 공항을 통해 다시 출국한다고 명확히 말하면 된다.

▲ 캐나다-미국 국경 검문소

DAY 29 시애틀 동물원에서 배꼽 떨어질 뻔한 일

1. 오늘은 동물원에 가서 많은 동물들을 봤다.

　미어캣, 사자, 뱀, 재규어, 캥거루 등을 지도를 보며 찾아냈다.

　정말 재미있었다.

　새장에 있던 새가 아빠 머리 위에 앉았다.

　너무 너~무 웃겨서 배꼽이 터질 것만 같았다.

　모든 사람이 웃었다.

　엄마도 크게 웃었다.

아빠 머리 위에 새

아빠는 역시 우리를 실망시키지 않는다

2017년 8월 19일

시애틀에서는 지형이가 더 주도적인 모습이다. 파이크 플레이스 마켓 (Pike Place Market)의 검 월(Gum Wall), 각종 식재료와 수공예품, 앤틱 마 켓, 크랩 포트(Crab pot) 레스토랑 등 가볼 만한 곳을 빠른 걸음으로 열 심히 다닌다. 마켓에서는 수제 소시지를 먹고 싶다고 하더니, 2개를 거뜬 히 먹는다. 유명한 곳은 아니었지만 우연히 발견한 '레프트 뱅크 북스 (Left bank books)'라는 독립서점은 기억에 남았다. '우리가 독립서점을 차 린다면?' 하는 공통의 관심사로 책이 어떻게 진열되었는지 이야기도 나누 고, 지형이와는 동물 그림책을 같이 읽기도 했다.

한국에서도 동물원은 아이들이 좋아하는 놀이터 같은 장소다. 도심 속 의 우드랜드 동물원의 규모는 한국의 동물원만큼 크지 않았지만, 다듬어 지지 않은 숲속의 흙길을 거닐 수 있어서인지, 조금 더 자연 친화적인 느 낌이었다. 지형이는 지도를 들고, 자신이 보고 싶은 동물을 직접 찾아다 니며, 엄마, 아빠를 리드한다. 낯선 곳에서 더욱 기지를 발휘하는 모습을 보니 지형이가 많이 성장한 느낌이다.

앵무새, 잉꼬들과 만날 수 있는 장소에 가니 먹이 스틱을 1불씩에 팔았는 데, 먹이 스틱을 들고 있으면 손으로 새들이 날아와서 앉는다. 그런데 갑 자기 알렌의 머리 위에 앵무새 한 마리가 날아와 아주 편안하게 앉았다. 그 신기하고 재미있는 모습에 우리 가족뿐만이 아니라 주변의 관광객들 까지 모두 배를 잡고 웃었다. 우리를 절로 웃게 만드는 남편 알렌 덕분에 행복한 에피소드를 하나 더했다.

▲ 시애틀 파이크 플레이스 내 독립 서점 리프트 뱅크 북스

▲ 아빠 머리 위에 새 둥지가 있나 봐요

▲ 우드랜드 동물원 지도 찾아 고고

3부_다른 세상 만나기 181

우드랜드 파크 동물원

파이크
플레이스 마켓

벨뷰 숙소

❋ Day29. 지형이라 갔던 곳은?

벨뷰(Bellevue) 숙소 → 파이크 플레이스 마켓(Pike Place Market) → 시애틀 우드랜드 파크 동물원(Seattle Woodland Park Zoo)

미리 알아본 것은?

❋ 파이크 플레이스 마켓(Pike Place Market)

시애틀의 유명 재래시장으로, 1907년 8월 17일에 개장. 피쉬 마켓(Pike Place Fish Market), 플라워샵, 각종 수공예품, 농산물을 등 수많은 매장들이 모여 있다. 검 월(Gum Wall)과 스타벅스 1호점, 시애틀 크랩 포트(The crab pot)는 시애틀에서 가볼 만한 장소이다.

운영시간은 보통 07:00~16:00이지만, 매장들은 10:00~18:00이고 일부 레스토랑은 06:00에 오픈하는 경우도 있다. 연중 363일 오픈(추수감사절, 크리스마스 휴무).

웹사이트 www.pikeplacemarketfoundation.org/

❋ 시애틀 우드랜드 파크 동물원(Seattle Woodland Park Zoo)

5개의 유명 관광지 시티 패스(City Pass)를 구매하면 45% 비용 절감 가능(스페이스 니들 Space Needle, 시애틀 수족관Seattle Aquarium, 시애틀 크루즈 관광Argosy Cruises Harbor Tour, 태평양 과학센터Pacific Science Center or 치훌리 유리공예 박물관Chihuly Garden&Glass, 우드랜드 파크 동물원Woodland Park Zoo), 첫 개시일부터 9일 이내 연속 사용 가능.

요금 시티 패스 비용: 성인 $89, 아동 $69

　　동물원 요금: 성인 $14.95, 아동 $9.95

운영시간 10월~4월 09:30-16:00, 5월~9월 09:30-18:00

웹사이트 https://www.zoo.org/

▲ 시애틀 스타벅스 1호점, 엄마는 기념품 사러 가서 안 보여요

▲ 유명한 생선 가게 앞(파이크 플레이스 피쉬)

▲ 아빠와 꽃게 되어 보기

▲ 검 월(Gum Wall)

DAY 30 마지막 하루: 하나 언니 집에서 잔 날

1. 화이트 락(White Rock)에 사는 주환이를 다시 만나서 같이 놀고,

   하나 언니네 집에서 잤다.

   '뿌꾸'는 너무 귀여웠다. 뿌꾸가 미용을 해서 100배 더 귀여웠다.

   언니와 포켓몬 배틀도 했다. 나는 메로엣타로 승부를 걸었다.

   그리고 케이팝(K-POP) 트와이스 '시그널' 노래도 들려주었다.

   신나는 날이었다.

   이젠 10시간 비행기를 타고 열심히 다시 한국으로 돌아간다.

   자리에 있는데 갑자기 숨이 막혀서 산소마스크를 착용했다.

   너무 편안해서 잠이 들었다. 그리고 스포츠 게임도 했다.

   고생을 많이 한 날이었다.

▲ 인경 언니 가족과 함께 마지막 저녁 식사 후   ▲ 인경 언니의 아침 선물

◀ 하나 언니의 잠옷을 빌려 입고, 자기 전에

소중한 인연

2017년 8월 20일

이제 한국으로 돌아간다. 캐나다 여행 동안 짧지만 긴 여운으로 남게 된 인경 언니 가족. 지형이가 하나 언니와 같이 자겠다고 용감하게 엄마, 아빠한테서 독립 선언을 해서, 하나 언니네 집에서 마지막 밤을 보냈다. 아침에는 소박해도 든든하고 맛있는 아침 식사로 지형이를 배불리 먹게 해 주었다. 인경 언니는 지형이가 '아주 개성이 있고, 재미있는 친구'라며 소소한 말에도 귀 기울여 주고 반응해 주니, 아이는 더 신나서 수다를 떨고 춤도 추었다. 나는 이번 여행에서 지형이에게 '여행 와서는 이런 것 좀 해봐라, 이런 건 안 된다, 예의 바르게 행동해야 한다' 등등 잔소리를 하며 가만두질 않았다. 그저 들어 주고 반응하면서 소통하면 되는데, 길을 찾고 더 좋은 곳을 검색한다고 휴대폰을 보느라 아이의 수다와 질문을 듣지 않고 기다리게 하거나, 귀 기울이지 못한 적이 더 많았던 것 같다. 지형이와 싸우거나 서로에게 짜증을 내기도 했다. 그러면서도 잘 때는 두 손을 꼭 잡고 서로 챙기면서 그렇게 한 달 여행을 마쳤다.

밴쿠버, 언제 또다시 올 수 있을까? 생각보다 빨리 다시 방문할 기회가 있을지도 모르겠다. 아니면 지형이가 자라서 오고 싶을 때 혼자 올 일이 생길 수도 있겠지. 그때가 온다면 지형이가 10시간이 넘게 비행기를 타고 날아와서 엄마 아빠와 함께 보냈던 추억들을 다시 기억해낼 수 있길 바란다. 자연의 위대함과 새로운 사람들을 만난 즐거운 경험을 기억하고 새로운 여행을 꿈꾸며, 지형이와 나는 서로의 행복한 파트너가 되기를 바란다.

뱅쿠버
다운타운

화이트락

시애틀

미리 알아본 것은?

✷ **Day30. 지형이라 갔던 곳은?**

시애틀 → 화이트 락(White Rock) → 밴쿠버 다운타운의 하
나 언니네

✷ **화이트 락(White Rock)**

BC주 남쪽 서레이(Surrey) 지역, 밴쿠버 다운타운에서 차로
약 1시간 소요.

해변에 정말 하얀 바위가 있어 화이트 락이라는 이름이 지어졌
다고 한다. 화이트 락 선착장 주변에는 바다 전경을 보며 산책
하는 사람들, 수영하는 어린이들과 낚시를 하는 사람들로 가득
하다. 정박되어 있는 배들도 보이는데, 고래 투어도 할 수 있다
고 한다.

밴쿠버에서 살기 좋은 곳 1위로 선정되었다고 한다.

웹사이트 https://www.whiterockcity.ca/

▲ 화이트 락 선착장에서 주환이와 장화 전화기 놀이　　　　▲ 역시 아이스크림은 초코가 제맛이야

▲ 화이트 락 비치

『지형이의 밴쿠버 그림여행』을 마치며.

낯선 여행지에서 매일 밤 아홉 살 지형이는 엄마랑 누워, 작고 야무진 손으로 엄마의 얼굴을 만져주기도 하고 꽁냥꽁냥 이야기하면서 그날의 소소한 일상을 나누고 존재함에 감사하는 보물 같은 시간을 보낸다.

하루를 마감하며 잠을 자는 지형이의 그림들을 통해 '지형이가 오늘은 어땠을까?', '어떤 내일을 기대하며 일기를 쓰고 잠이 들었을까?', '어떤 꿈을 꾸고 있을까?' 하는 생각을 하였고, 이러한 느낌을 나누고 싶어 엄마의 시선을 담은 일기장을 엮게 되었다.

지금 모든 것이 제자리로 돌아왔고, 평소와 다름없이 일상을 보낸다.

매일 무언가 교훈을 남기거나, 하루하루를 알차게 보내지도 않은 여행이었지만, 서로에게 집중하고 바라보며 소통했던 그런 일상의 추억들이 우리를 미소 짓게 한다.

최근 TV 프로그램 중 여행 패키지 프로그램('뭉쳐야 뜬다' 캐나다 로키 편)을 우연히 보게 되었을 때, 지형이는 눈을 떼지 못한 채, 로키에 갔던 기억을 소환해냈다.

"엄마, 우리 로키 가서 엄마 산, 딸 호수 봤잖아. 거기 나온다!"

"엄마, 우리 곰도 봤잖아."

"엄마, 빙하도 직접 만져 봤잖아. 눈 오는 캐나다도 멋있다. 나도 다음에는 겨울에 가볼래."

그렇게 지형이는 그때 있었던 일들을 추억하면서, 또 다른 여행을 꿈꾸고 기획할 만큼 지적으로도, 감성적으로도 성장한 것 같다. 그리고 아직은 그림이 단순하지만, 몇 개월 사이 그림을 그리는 동작, 신체, 얼굴 표정 하나하나가 더욱 세밀하고 다양해졌다.

지형이가 태어나서 처음으로 남긴 '지형이의 여행 기록'은 이제 막 제1장을 시작했다. 이것이 계속 이어져 지형이가 살아가는 순간순간들을 그림으로 표현하고 쌓아가며 삶이 더욱 풍성해지고 성장해 나갈 수 있기를 바란다. 그래서 지형이가 앞으로 자신의 일상이나 여행의 그림과 스토리를 기록하고 공유할 수 있도록, 블로그나 인스타그램 등의 SNS에 '지형이의 그림 여행' 공간을 만들어 주고 싶다는 생각도 해 본다.

남편과는 여행을 다녀왔다고 해도, 서로의 생각이 크게 변화하지 않았을지도 모른다. 그러나 소소한 기억들을 함께 쌓으며 동일한 장소에서 같이 때로는 다르게 느끼고 이해하기에 충분히 좋은 여행이었고, 그 소중함을 알았기에 또 다른 가족 여행을 기획한다. 다시 돌아오기 위해 떠난 여행. 그리고 또다시 떠나기 위한 여행. 그 과정에서 남은 잔상들이 우리 삶을 더욱 풍성하게 만들어 주고 변화시켜주길 바란다. 그리고 남편이 시작한 일을 포기하지 않고 잘해 나갈 수 있도록 응원하고 지지해주고 싶다.

마지막으로 늘 부족하고, 서툴고, 보잘것없는 내가 이 책을 엮어 가는 과정을 처음부터 끝까지 가능하도록, 주변의 좋은 사람들과 능력으로 채워주신 하나님께 감사드린다.

▲ 나와 엄마

▲ 곰을 봐서 행복했어요

▲ 아빠는 책을 좋아해요

▲ 아빠 곰, 아기 곰

에필로그 2

아빠가 지형이에게

지(知: 알 지), 형(亨: 형통할 형). 세상의 이치, 모든
일이 잘되어감을 아는 사람.

너는 본디 세상 만사형통의 이치를 아는 이름을
가지고 태어났단다.

긴 인생을 살다 보면 기쁠 때도, 화날 때도, 슬플 때
도, 즐거울 때도 생길 거야.

기억하고 싶은 순간만이 내 것이 아니고, 모든 순간
이 내가 살아온 삶인 거지.

너의 이름처럼 매 순간의 감정과 세상의 이치를
알아채면, 그것으로 너의 삶을 주도적으로 살아낸
것이고, 족한 것이 된다.

지형아 이번 여행은 어땠니?

이번 여행의 작은 점이 너와 세상을 연결하는 선
과 면의 한순간으로 자리했을 것이라고 생각한다.
먼 훗날 네가 돌아보았을 때 가족, 일, 사랑의 의미
로 반추하는 순간이었으면 한다.

아빠도 지형이와 엄마와 함께한 이번 여행의 시간이
자연의 위대함과 가족의 사랑, 그리고 아빠가 어디로
걷고 있는지 돌아볼 수 있는 소중한 시간이었단다.

에필로그 3 **지형이의 그림은 변화한다**

밴쿠버 여행 중 'Granville Island Sea food 레스토랑'에서
그린 자유화

밴쿠버 여행 후, 지형이가 그린 자유화

완전체 가족

여행을 떠나기 전 알렌과 나, 그리고 지형
@ 이스트 밴쿠버 고든 공원(Gordon Park)

웅장한 자연 앞에서 하나가 된 알렌과 나, 그리고 지형
@ 아싸바스카 빙하(Athabasca Glacier)

Canadian Rocky Coach Tour Map

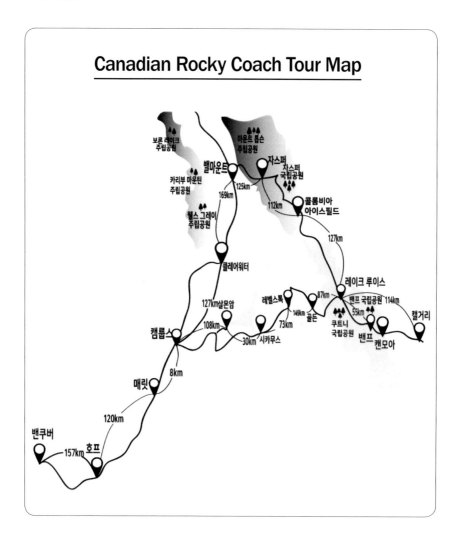

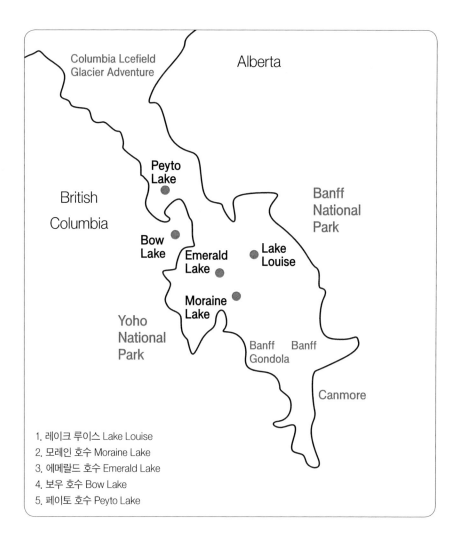

1. 레이크 루이스 Lake Louise
2. 모레인 호수 Moraine Lake
3. 에메랄드 호수 Emerald Lake
4. 보우 호수 Bow Lake
5. 페이토 호수 Peyto Lake

지형이의 밴쿠버 그림여행

발행일	2018년 6월 4일

글쓴이	유지형, 김수정	그림	유지형
펴낸이	손형국		
펴낸곳	(주)북랩		
편집인	선일영	편집	오경진, 권혁신, 최승헌, 최예은, 김경무
디자인	이현수, 허지혜, 김민하, 한수희, 김윤주	제작	박기성, 황동현, 구성우, 정성배
마케팅	김회란, 박진관, 조하라		
출판등록	2004. 12. 1(제2012-000051호)		
주소	서울시 금천구 가산디지털 1로 168, 우림라이온스밸리 B동 B113, 114호.		
홈페이지	www.book.co.kr		
전화번호	(02)2026-5777	팩스	(02)2026-5747

ISBN   979-11-6299-149-7 03810(종이책)   979-11-6299-150-3 05810(전자책)

이 도서의 국립중앙도서관 출판예정도서목록(CIP)은 서지정보유통지원시스템 홈페이지(http://seoji.nl.go.kr)와
국가자료공동목록시스템(http://www.nl.go.kr/kolisnet)에서 이용하실 수 있습니다.

이 책『지형이의 밴쿠버 그림여행』은 모두 세 부분으로 구성되어 있다.

1부는 낯선 곳에 도착하여 적응하던 시간의 이야기를 담았다.

2부는 본격적인 여행을 시작하며 보고, 듣고, 경험한 이야기를 담았다. 밴쿠버 현지인 기분으로 쉬기도 하고, 길을 잃기도 하며, 물건을 도둑맞기도 하고, 새로운 인연을 만나기도 하는 모습들이 아기자기한 그림과 함께 소개되어 있다.

3부는 한국에 있던 아빠가 합류하여 완전체가 된 가족의 여행기이다. 캐나다 로키와 미국 시애틀로 여행하며 가족 간 소통의 시간을 보낸다.